Né en Turquie, Metin Arditi vit à Genève. Il est l'auteur de nombreux romans, dont *Le Turquetto* (2011, lauréat de plusieurs prix, dont le prix Jean-Giono) et *La Confrérie des moines volants* (2012).

Metin Arditi

LA CONFRÉRIE DES MOINES VOLANTS

ROMAN

Bernard Grasset

TEXTE INTÉGRAL

ISBN 978-2-7578-4008-5
(ISBN 978-2-246-80439-0, 1re publication)

© Éditions Grasset & Fasquelle, 2013

Le Code de la propriété intellectuelle interdit les copies ou reproductions destinées à une utilisation collective. Toute représentation ou reproduction intégrale ou partielle faite par quelque procédé que ce soit, sans le consentement de l'auteur ou de ses ayants cause, est illicite et constitue une contrefaçon sanctionnée par les articles L. 335-2 et suivants du Code de la propriété intellectuelle.

A Stephan Eliez et à Haris Parianos

Note au lecteur

Entre 1918 et 1938, le régime soviétique a détruit, pillé, ou vendu à l'étranger tout ou presque de ce que l'Eglise russe comptait comme trésors.

Plus de mille monastères furent fermés. Beaucoup, tel celui de Saint-Eustache, situé au bord du lac Ladoga, se virent mis à sac, vidés de leurs occupants, et transformés en goulags. Des églises furent saccagées par dizaines de milliers. Et les milices du NKVD[1] exécutèrent plus de deux cent mille prêtres, moines et moniales.

Ce livre raconte l'histoire de Nikodime Kirilenko, l'un des ermites de Saint-Eustache, qui, au coût de sa vie, a soustrait au régime bolchévique parmi les plus beaux trésors d'art sacré que comptait la région de Saint-Pétersbourg, appelée alors Leningrad.

Le vendredi 26 avril 2002, le Saint Synode de l'Eglise russe, placé sous la haute autorité du Patriarche Alexis, a élevé Nikodime Kirilenko au rang de martyr.

---

1. NKVD : Narodnii Komissariat Vnoutrennikh Diél : Commissariat du peuple aux Affaires intérieures.

– I –

Juillet-novembre 1937

1

Mardi 20 juillet 1937

— Ils sont tous morts !

Nikolaï, l'un des novices du monastère, tremblait tant qu'il pouvait. Son frère Serghey le regardait, tremblant lui aussi, l'air perdu.

— Qui est mort ?

La voix caverneuse de Nikodime acheva de pétrifier les deux garçons. Déjà qu'ils n'arrivaient pas à retrouver leur souffle… C'était la première fois qu'ils se rendaient chez lui, et bien sûr ils s'étaient égarés.

Quinze ans plus tôt, lorsque Nikodime avait demandé l'autorisation de construire son ermitage « aussi éloigné qu'il me sera permis », Igor, le père igoumène, lui avait répondu : « Tu le construiras à moins d'une heure. » Alors Nikodime avait traversé la forêt en direction de Sokolova et s'était arrêté une heure plus tard exactement. Puis il avait rebroussé chemin de vingt pas, pour s'assurer qu'il respectait la règle fixée par le père, et avait construit son ermitage à un endroit où il était certain que son désir de solitude serait exaucé. Personne, jamais, ne s'aventurait jusqu'à chez lui, et ses rapports avec les autres moines se limitaient à un côtoiement à la cathédrale ou à quelques rares mots échangés ici ou là.

Il avait une chevelure abondante et blonde, une barbe, très blonde aussi, et des yeux bleus si clairs qu'on aurait pu les croire blancs. Il était très beau. Mais il effrayait. Haut de presque deux mètres, il avait des mains larges et musclées, des doigts épais comme ceux d'un bûcheron, et lorsqu'il s'adressait à l'un des moines d'une voix dont on se demandait de quelles profondeurs elle remontait, si celui-ci commettait l'imprudence de ne pas lui répondre dans l'instant, Nikodime tonnait : « Parle, enfin ! Tu as perdu ta langue ? »

Devant le désarroi des deux frères, il comprit que tout était fini et usa d'un ton aussi doux qu'il pouvait :

– Je t'écoute, frère Nikolaï.
– *My odni !* Nous seuls ! répondit le garçon.
– Nous seuls, quoi ? Je t'ai demandé qui est mort ! Parle !

Il regarda Serghey :

– Et toi, tu n'as pas de langue ?

Les deux garçons ne se ressemblaient pas. Nikolaï, l'aîné, était sec, rusé et toujours sur ses gardes. Son frère, qui devait faire deux fois son poids, n'avait aucune malice, mais il dégageait une impression de force peu commune.

A leur arrivée au monastère, Igor les avait jaugés au premier coup d'œil : deux inséparables qui allaient travailler sans rechigner, chacun selon sa nature. Cinq ans plus tard, Nikolaï avait été admis à la petite robe[1]. « Pour toi, il est encore trop tôt », avait dit Igor à Serghey. Trois ans avaient passé, et les choses en étaient encore là.

– Nous seuls quoi ? fit à nouveau Nikodime, prêt à exploser.

---

1. Stade intermédiaire des *poslouchnik* (postulants).

— Tous tués ! cria Serghey. Tous sauf nous deux ! *My odni !*

— Ceux du NKVD sont venus, fit Nikolaï.

Ainsi, Saint-Eustache allait disparaître...

— Et ils chantaient ! reprit Nikolaï. Ils sont venus vers six heures du matin, à vingt ou trente. D'un coup, il y en avait partout ! Dans les cellules, devant le potager, à la cathédrale, partout. D'autres sont partis en direction des ermitages, avec leur camion. Ils mitraillaient tout le monde !

— Ils sont allés jusqu'au deuxième étang, puis sont remontés au Golgotha, fit son frère. Ils ont brûlé les cinq églises, ils ont mitraillé durant un quart d'heure et ils sont partis.

— Serghey et moi nous étions dans l'église du haut[1], à installer la nouvelle armoire de la sacristie.

— S'ils étaient montés à l'étage, nous serions morts !

— Igor ? demanda Nikodime.

— Mort. Je l'ai vu. Il priait dans l'église du bas.

— Dimitri ? Sacha ? Valéry ?

— Dimitri et Sacha, morts. Valéry, je ne sais pas. S'il était dans son ermitage, il est mort.

— Ivan ?

— Etendu sur le chemin du Golgotha. Tué comme un chien.

Nikodime resta silencieux. Si ceux du NKVD n'étaient pas venus plus tôt, c'était parce que Saint-Eustache n'offrait pas d'accès facile. Des étangs l'entouraient tout entier, et selon la saison, on ne pouvait approcher le monastère qu'à pied, à mulet ou par le lac.

---

1. Comme souvent en Russie, la cathédrale du monastère comptait deux églises, construites chacune sur un étage.

A présent les deux garçons étaient secoués de sanglots.
- Ils sont partis ? Vous en êtes sûrs ?
- On les a entendus dans leurs camions, fit Nikolaï, la voix entrecoupée de soubresauts. Ils riaient.
- Ils chantaient, aussi, ajouta son frère.

Nikodime ferma les yeux et soupira. Il était encore pris par son rêve de la nuit. La voix enfantine de Macha l'avait hanté : « Pourquoi as-tu choisi cette scie, mon cousin Nikodime ? »… « Pourquoi perces-tu un trou à cet endroit ? »… « Sais-tu que ma mère s'est inquiétée, hier soir, lorsque nous avons tardé ? ».

Chaque nuit ou presque, Macha revenait. Il rêvait aussi qu'Igor le chassait du monastère, après l'avoir frappé d'anathème devant tous les frères, en pleine cathédrale. D'autres fois, il se voyait debout face à ses parents et ses deux frères qui le regardaient en silence, et il comprenait, à leurs yeux, qu'ils savaient tout de ses péchés.

Et puis il y avait les autres rêves. Ceux au cours desquels il tendait la main vers des seins petits, aux aréoles serrées, et luttait de toutes ses forces, sans comprendre s'il voulait les approcher ou s'en éloigner. D'autres fois encore, il se voyait le sexe tendu, essayant de pénétrer une femme sans visage dont le corps lui restait fermé. Des rêves où le diable l'habitait tout entier.

Il en sortait le souffle court, honteux jusqu'à la moelle de sentir le tissu de sa robe visqueux.

Il cherchait alors l'apaisement avec désespoir, aux rythmes de la liturgie, des prières, et des duretés qu'il s'imposait.

Au réveil, chaque matin à quatre heures, il s'extirpait

de son cercueil, brûlait de l'encens, disait les matines, et récitait sa prière du cœur, une phrase qui s'échappait de sa poitrine comme un souffle et qu'il allait répéter tout au long du jour par centaines et par milliers de fois :

Seigneur Jésus-Christ, fils de Dieu,
Aie pitié du pécheur qui s'adresse à Toi.

Puis il se rendait au lac, pieds nus, et n'évitait rien de ce qui pouvait le blesser : épines noires, écorces de bouleaux, brindilles, pics des pierres prises dans le sol, tout était bon pour lui infliger de la douleur. Bon, surtout, à l'éloigner des obsessions qui rongeaient sa volonté et le hantaient d'images insupportables.

Dans le même temps, il s'emplissait les poumons des senteurs de la forêt. A la belle saison, elles offraient un mélange délicat dans lequel il retrouvait le parfum des mélèzes, des lilas et des bois de sapin. Durant l'hiver, l'air coupant et glacé lui offrait un plaisir plus aigu encore.

Ainsi, chaque jour, sa marche jusqu'au lac se déroulait dans un mélange de honte, de douleur et de joie.

Durant tout le trajet, il répétait sa prière du cœur :

Seigneur Jésus-Christ, fils de Dieu,
Aie pitié du pécheur qui s'adresse à Toi.

Il lui arrivait de s'interrompre, par intermittence. Il usait alors d'autres mots, prononcés eux aussi à l'intérieur de lui-même :

---

1. Comme de nombreux moines *Skhimnik*, le rang monacal le plus élevé, Nikodime dormait dans le cercueil qui à sa mort serait le sien.

Par pitié, Seigneur, détourne Ta face de mes péchés.

Ou encore :

Montre-moi, Seigneur, le chemin qui mène à Toi.

De temps à autre il s'arrêtait au milieu du chemin, s'agenouillait, et le front contre terre, murmurait :

Tu seras mon seul juge

et restait prostré un temps variable, certaines fois une demi-minute, d'autres quatre ou cinq. Puis il se levait, se signait trois fois, et reprenait son chemin en récitant sa prière du cœur.

L'hiver, d'une branche, il brisait la surface glacée du lac avec violence, pénétrait dans l'eau à pas réguliers jusqu'à ce qu'elle lui arrive au bas de la bouche, et restait immobile, les bras en croix, offert tout entier à la morsure du froid, plongé dans le lac aussi longtemps que possible, avant que ses membres ne s'ankylosent.

A peine sortait-il de l'eau que sa bure gelait, et il rentrait à son ermitage habillé d'une plaque de glace. Il se défaisait de sa robe en la brisant de quelques coups de tison et la mettait à sécher devant la cheminée, après quoi il revêtait sa deuxième bure, avec laquelle il ferait le bain du lendemain.

Durant les mois plus doux, lorsque l'eau n'était pas prise par la glace, il pénétrait le lac du même pas lent, se mettait les bras en croix et attendait l'engourdissement, le temps qu'il fallait.

Ainsi, sa vie se partageait entre solitude et supplique. Il mangeait à peine, dormait peu et passait ses jours et ses nuits à dire les offices, à se prosterner, à demander pardon de ses péchés immenses, et à prier, surtout, dans l'amour du Christ et dans l'espérance qu'Il se montre miséricordieux avec le scélérat qu'il était.

2

Mardi 20 juillet 1937

Nikodime devait faire vite. En temps normal, ceux du NKVD choisissaient un jour de fête pour commettre leurs crimes, lorsque tous les moines étaient réunis à la cathédrale. Leur élimination s'en trouvait plus rapide et plus complète. Si les miliciens étaient venus à Saint-Eustache un jour comme les autres, c'était parce qu'ils avaient des lieux un besoin pressant.

« Pas le temps de faire leur toilette ou de les habiller », avait lancé Nikodime aux garçons, « chacun aura son cercueil et son icône mais rien de plus. » Pour chacun des frères, ils avaient choisi l'une des icônes de son iconostase, et l'avaient posée sur sa poitrine, la face contre le corps, comme le voulait la tradition. Les mains croisées sur l'image sainte, la droite par-dessus la gauche, les frères semblaient avoir trouvé un semblant de paix, malgré les marques de balles sur leurs robes ou leurs visages.

Pour les enterrer, Nikodime avait choisi un emplacement en lisière du lieu appelé *Malenkoe boloto*, Petit marécage, où le sol était mou. Serghey et Nikolaï défaisaient la terre et Nikodime la déblayait à grandes pelletées.

Soudain, Nikolaï s'arrêta de piocher, le visage en feu. Une grosse goutte de sueur venait de tomber dans son œil droit et il fit le geste de l'essuyer.

– Creuse ! cria Nikodime. Tu as envie qu'on finisse comme les autres ?

Après deux heures d'un travail acharné, le trou était prêt, trois pas de large sur six de long, et profond d'un mètre.

– On y va, fit Nikodime.

Au moment où ils s'extirpèrent du trou, un vent nerveux se leva sur le lac.

– Dans une demi-heure, c'est l'orage, dit Serghey.

D'un geste il épousseta le devant de sa robe où de la terre s'était collée.

– Plus tard ! cria Nikodime. Vite !

Arrivés dans l'église, Nikodime encensa le corps d'Igor, se recueillit quelques instants et se signa, avant de lancer :

– On ferme !

Il agit de la même façon devant les dix autres corps. Serghey et Nikolaï posaient le couvercle et le vissaient aussi vite qu'ils pouvaient. Mais ils étaient fébriles et appuyaient souvent de biais. Les vis filaient de côté, et ils devaient s'y reprendre à deux ou trois fois.

– Deux incapables ! lança Nikodime.

Il parcourut la nef des yeux :

– Où est l'antimension[1] ?

Ils se mirent à chercher fiévreusement au milieu des bancs et des chaises renversés, des vases brisés, et des bougeoirs saccagés. Serghey le trouva au fond de la nef.

– Vous transporterez les cercueils. Je m'occuperai de les mettre en place.

Du monastère aux abords du Petit marécage, il y avait

1. Étoffe cousue de reliques sans laquelle la liturgie est interdite.

cinq cents mètres. Nikodime les parcourut en courant, sauta dans la fosse et attendit les deux garçons sous la pluie qui tombait par rafales.

Quelques minutes plus tard, il vit les garçons contourner le sentier. Trempés de sueur et de pluie, ils tenaient un cercueil à bout de bras et glissaient à chaque pas sur la terre boueuse.

– Vite ! cria Nikodime.

Les garçons lui tendirent le cercueil. Il le saisit à bras le corps et le déposa à l'intérieur de la fosse.

Puis il leva les yeux sur les garçons :

– Courez ou je vous fouette !

Il sauta hors de la fosse et, par grandes pelletées, entreprit de caler le cercueil contre la paroi.

Au moment où il terminait de frapper la terre du plat de la pelle, ils étaient de retour avec le deuxième cercueil.

Il lui sembla que cette fois-ci, ils avaient effectué le trajet plus vite.

Il cala le cercueil contre le flanc du premier, tassa le bandeau de terre qui les séparait, et attendit.

Le troisième cercueil vint plus lentement. Les garçons étaient épuisés.

Au bout d'une heure, ils étaient à bout de nerfs, trempés à l'os, exténués. Mais les onze cercueils étaient alignés et calés dans la fosse.

Pendant que Nikolaï retournait chercher l'antimension, Nikodime recouvrit les cercueils de terre. Après quoi il saisit une branche de bouleau qui traînait aux abords de la fosse, la brisa en deux, arracha une tige de lierre à un sapin, noua les bouts de branche en croix et chercha l'endroit qui, au jugé, semblait être le milieu de la fosse. Il y enfonça la croix d'un seul coup, si profondément que maintenant elle paraissait carrée.

Un éclair frappa l'étang.

Nikodime se signa :

– Gloire au Père, au Fils et au Saint-Esprit.

Dans la seconde qui suivit, un autre éclair s'abattit sur l'étang, cette fois-ci tout près d'eux, dans un craquement assourdissant. Un autre encore frappa les écuries. Nikodime se dit qu'au moins, l'orage n'allait pas encourager les miliciens à revenir.

Il se mit à chanter le Stichère de Pâques et vit que les garçons le regardaient sans comprendre :

– Ils sont morts en martyrs ! Ils y ont droit, vous ne croyez pas ? Chantez avec moi !

Il nous délivre du Tombeau
Pour nous donner la vie

Il se tourna vers Serghey :
– Chante !
Il se tourna vers Nikolaï :
– Chante, toi aussi !

Le Christ est ressuscité des morts
Par Sa mort Il a triomphé de la mort

La voix de Nikodime, basse et profonde, couvrait celle des garçons.

– Deux fois encore ! lança Nikodime lorsqu'ils eurent terminé.

Maintenant, la pluie et le vent se déchaînaient.

Ils continuèrent de chanter, puis se signèrent et Nikodime s'agenouilla de façon si brusque que son genou s'enfonça dans la terre molle :

– On se recueille ! Vite !

Il ferma les yeux et pensa à Igor. Puis il pensa aux dix autres, un par un.

Pour la plupart, il les connaissait depuis quinze ans, vingt ans… Quelques-uns même plus… Qu'avait-il cherché à savoir d'eux ? Rien.

Il se sentit honteux. Pourquoi le Seigneur l'avait-il épargné, lui, le plus grand de tous les pécheurs ? Il se mit à réciter sa prière du cœur, aussi vite qu'il pouvait, dix, vingt, cent fois :

Seigneur Jésus-Christ, fils de Dieu,
Aie pitié du pécheur qui s'adresse à Toi.

— Nous avons peur ! lança Nikolaï.

Un éclair frappa le lac, très loin.

Nikodime se rendit compte que les deux garçons étaient en train de sangloter :

— On part ! Vous pleurerez en chemin.

Qu'allait-il emporter avec lui ? Les saints sacrements qu'il avait préparés au matin du jeudi saint. Les reliques. Un morceau d'os de saint Vassili et une frange d'étoffe découpée dans l'habit que le saint portait au jour de sa mort. Et puis son icône la plus précieuse, une Présentation de Jésus. L'antimension, aussi. Il allait tout entasser dans son cercueil et le porter sur la tête, comme les femmes qui reviennent des champs.

Les circonstances dans lesquelles il avait décidé de construire son cercueil lui traversèrent la mémoire. C'était un matin de mars, un jour où il était resté dans l'eau un temps très long sans que ses membres s'ankylosent. Il avait quitté le lac en se disant que le Seigneur s'était montré bienveillant, et qu'il devait se tenir prêt à rejoindre le royaume des cieux.

3

Mercredi 4 août 1937

Les garçons vivaient dans la terreur. Frère Nikodime, que va-t-il nous arriver ? Frère Nikodime, trouverons-nous jamais la paix de l'âme ? Frère Nikodime, le Seigneur nous montrera-t-il la voie ?

Chaque jour, après les matines, ils partaient à la recherche d'une forêt sans église ni monastère, un lieu où les miliciens auraient eu peu de raisons de s'aventurer. Ils s'installaient sous un mélèze à larges branches et, durant toute la journée, priaient ou disaient la liturgie. Tard dans la nuit, Nikodime se couchait dans son cercueil, les deux garçons s'étendaient à ses côtés, et ils attendaient tous trois que les heures s'écoulent, emportés dans le sommeil par petits bouts.

La veille, au moment où ils s'apprêtaient à quitter le sous-bois dans lequel ils avaient passé la nuit, Nikolaï s'était enhardi :

– Dis-nous la vérité, frère Nikodime. Le Seigneur nous a-t-il abandonnés ?

Nikodime l'avait rabroué :

– C'est au pécheur de chercher le Seigneur, pas l'inverse !

Mais durant la nuit, la question du novice ne l'avait pas lâché. Le Christ sur la croix avait appelé le Père à son secours. *Eli Eli, lama sabaqthani ? Seigneur Sei-*

gneur, pourquoi m'as-tu abandonné ? Le Seigneur avait-il abandonné son propre fils ? Non ! se répéta Nikodime vingt fois. Le Seigneur n'abandonnait pas ceux qui lui ouvraient leur cœur ! Le retrait du Père, c'était la marque de sa confiance en son fils. Il l'avait chargé d'une mission précise, qui consistait à offrir sa souffrance aux hommes. Sans doute que le Seigneur agissait de même avec ceux qui vivaient l'enfer bolchévique... Non, ce n'était pas le Seigneur qui avait abandonné les hommes. C'était des gens comme lui, Nikodime, qui avaient laissé entrer Satan dans leur vie. Des gens qui avaient souillé l'Eglise de leurs péchés et ne priaient Dieu que pour leur propre salut. C'étaient eux qui avaient tendu à Satan les clefs de leur Eglise. Alors Satan avait pris possession des hommes et ils étaient devenus des moutons à son service.

Au matin, alors qu'ils rôdaient aux environs de Pongarevo, Nikodime repéra un groupe de cabanons construits en contrebas d'une carrière d'argile, six structures en charpente d'environ trois mètres sur quatre. L'exploitation de la carrière avait dû être abandonnée depuis longtemps, car les cabanons étaient d'une saleté repoussante.

Dans l'un d'eux, ils trouvèrent quelques outils rouillés. Un autre, troué au sol, était celui des latrines. Les quatre autres avaient sans doute servi de dortoirs. A l'évidence, personne n'y avait habité depuis des années, si ce n'est des rongeurs et des oiseaux, à en juger par les fientes.

– On s'installe, fit Nikodime.

Ils vidèrent deux cabanons de leurs détritus, les lavèrent à grande eau et les balayèrent à la branche de bouleau. Le premier servirait de dortoir et l'autre de chapelle. Ils réparèrent aussi le cabanon des latrines, dont une des parois était trouée à plusieurs endroits et que Nikolaï colmata au petit bois.

Le lendemain, ils retapèrent un quatrième cabanon, pour y garder la nourriture qu'ils pourraient ramasser en forêt. Mûres, myrtilles, framboises, fraises des bois, bolets, chanterelles, pieds bleus, pieds violets, tout était en abondance.

Ils désencrassèrent un cinquième cabanon, celui qui avait servi d'atelier à la carrière, où ils récupérèrent une lame de hache édentée, des clous rouillés, un reste de cordages et du matériel de bureau.

4

Samedi 7 août 1937

Nikodime se réveilla en sursaut, la robe gluante de sperme.
 Satan le traquait.
 Dès qu'il retrouva son souffle, il s'extirpa de son cercueil et se rendit au cabanon voisin réciter les matines.
 Lorsqu'il le quitta et se mit à marcher dans la forêt, au hasard, très vite, en récitant sa prière du cœur, ses pas le portèrent devant la carrière d'argile. Il remarqua un sentier abrupt qui remontait le long de son flanc ouest et l'emprunta. La pluie avait rendu le sol boueux et il glissait à chaque pas.

Au bout d'une heure d'efforts, il atteignit le sommet. Au loin à l'ouest, la lumière de l'aube éclairait Leningrad, plate et immense. A l'est, au-delà de la forêt, il devina le lac, son lac qu'il aimait tant, infini et majestueux. Cet endroit était la vérité, et le sentier serait son Calvaire. Il le gravirait chaque jour.
 Il resta ainsi debout, une heure durant, à réciter sa prière du cœur, le regard tourné en direction du lac.
 Sur le chemin du retour, l'idée de confectionner une croix lui traversa l'esprit. Mais il l'abandonna à l'instant même. De quoi aurait-il eu l'air, à monter un sentier chargé d'une croix ? N'avait-il pas assez péché ? Fallait-

il qu'il prouve encore combien il était bouffi d'orgueil ? Un tronc d'arbre, un simple tronc, bien lourd, encore tout enroulé de son écorce, voilà ce dont il pouvait se charger sans offenser le Seigneur.

Il se rendit à l'atelier. La lame de hache lui sembla solide. Il alla arracher une branche à un bouleau et y fixa la lame du mieux qu'il put. Puis il partit à la recherche d'un grand mélèze. Il en trouva un à cinquante mètres du cabanon, dont la base faisait bien un mètre de diamètre. Il l'entoura de ses bras, puis s'agenouilla et pria. Lorsqu'il se releva, il avait les yeux brouillés. Il se signa trois fois, tronçonna le mélèze à trois pieds du sol, puis à quatre mètres de haut, et coupa toutes les branches à fleur d'écorce. Il observa quelques instants le tronc dénudé, le souleva, inspira et expira plusieurs fois, s'accroupit, saisit le tronc à nouveau, glissa son épaule sous l'arbre et se releva. Le tronc ferait l'affaire.

Il le reposa à terre, s'agenouilla et durant près d'une heure récita sa prière du cœur.

Après quoi il se releva, saisit le tronc à nouveau, le hissa sur son épaule et se dirigea vers la carrière.

Arrivé au pied du sentier, l'émotion le submergea, et il entreprit l'ascension les yeux en larmes, répétant sa prière du cœur à voix haute, aussi fort que son souffle et ses sanglots le lui permettaient.

La montée lui prit un peu moins de deux heures, puis la descente une demi-heure encore. A son retour aux cabanons, il constata que son épaule droite était écorchée sur toute sa surface, et que sa robe, baignée de sang, lui collait à la peau.

Pris par sa passion, il n'en avait pas senti la douleur.

5

Vendredi 20 août 1937

Le jour où Nikolaï croisa Iossif, celui-ci était en haillons. Il sentait mauvais, la peau de son visage collait à ses os, et son regard était celui d'une bête traquée. Alors, en dépit des mises en garde de Nikodime sur les miliciens qui se faisaient passer pour moines, Nikolaï n'eut pas le cœur de l'abandonner dans la forêt :

– On va demander au frère s'il accepte de te garder.

Iossif l'avait suivi les yeux à terre, en le remerciant de sa charité et en priant le Seigneur de le bénir.

C'était un homme de cinquante ans, petit, chauve, et râblé comme un lutteur. Avant de choisir la vie monastique, douze ans plus tôt, il s'appelait Grigori et travaillait avec sa femme comme acrobate au Tchinizelli, le cirque de la place Fontanka. *Grigori et Lioudmila dans un numéro de trapèze qui vous donnera la chair de poule*, disait le programme. Le Tchinizelli était un cirque stationnaire, et la vie y était plus douce que dans les cirques nomades. Mais la dureté du travail avait usé Grigori et Lioudmila. Chacun trahissait l'autre dans des liaisons de coulisses et rêvait de connaître des émotions nouvelles. Mais avec qui ? Grigori était un trapéziste hors pair, Lioudmila le savait. Et lui-même appréciait le travail de sa femme, une partenaire dure à la tâche qui surveillait sa souplesse et ne laissait rien au hasard.

Un soir d'été, Lioudmila se lança en grand écart sous la barre du trapèze volant et fit la voltige. Elle aurait dû être rattrapée par Grigori, posté sur le trapèze fixe. Mais sa main glissa sur le poignet de son partenaire, elle tomba quatre mètres plus bas et se tua sur le coup.

Dans les instants qui avaient précédé le numéro, Grigori avait hésité à se sécher les poignets. Accrochée à la plate-forme du trapèze fixe, une chaussette contenait de la poudre de magnésie. Il lui aurait suffi de la presser pour que la poudre traverse les pores de la laine et se retrouve dans le creux de sa main. Mais voilà, il n'avait pas fait le geste, et la main de Lioudmila avait glissé sur sa peau moite.

S'il avait su ce qui allait se passer, bien sûr qu'il aurait secoué la chaussette de magnésie ! Et même mille fois ! Mais comment se douter que la main de Lioudmila allait glisser ? A ce moment-là du spectacle, il ne secouait jamais la chaussette ! Il avait transpiré, mais il transpirait tout le temps ! En hiver aussi ! Même si ce n'était pas autant qu'en été…

Après l'accident, il avait travaillé comme garçon de scène. Au début, la dureté des tâches lui occupait l'esprit. Mais après quelques mois, l'ennui et l'humiliation remplacèrent l'apaisement. Honteux d'avoir à accomplir des tâches qui n'étaient pas celles d'un artiste, il était allé voir Kouznetsov, le directeur, et avait obtenu de présenter un numéro de clown. Il mit tous ses efforts à monter le spectacle, mais rien n'y fit. Ce n'était pas son métier. Dans le public, beaucoup connaissaient son drame. On riait un peu, pour l'encourager. Mais après trois semaines d'embarras, Kouznetsov supprima le numéro et Iossif reprit son travail d'homme à tout faire.

Autour de lui, l'atmosphère restait lourde. Du temps de sa gloire, il avait eu tendance à jouer les vedettes.

Désormais, on lui parlait peu. Il avait le sentiment que chacun se posait la même question : Pourquoi la main de Lioudmila avait-elle glissé sur le poignet de Grigori ?

Un jour de novembre, à la pause de midi, il vit Tatiana, une écuyère avec laquelle il avait eu une liaison, manger seule au bord de la piste. Il s'approcha d'elle et lui demanda s'il pouvait manger en sa compagnie. « Je préfère pas », lui avait répondu Tatiana, le regard baissé.

Sa tristesse fut si grande qu'il quitta le cirque et marcha durant quatre heures, au hasard, interrogeant les passants pour savoir s'il y avait un monastère dans le voisinage. Une femme lui indiqua celui de Saint-Serge, à Sertolovo, dans la proche banlieue. Il s'y rendit, sonna, et demanda d'être hébergé. Le père igoumène vit qu'il avait affaire à un costaud et l'accepta. Sept ans plus tard, Grigori prenait la tonsure et, selon la coutume, changea de prénom. Comme il était alors responsable de la scierie du monastère, il prit le nom de Iossif.

Douze ans plus tard, lorsque Saint-Serge fut mis à sac par ceux du NKVD, ce fut son agilité qui le sauva. Au moment où il rentrait du potager, il avait aperçu des miliciens. En un instant, il s'était retrouvé à mi-hauteur d'un sapin, les pieds posés sur une branche trop mince pour supporter son poids, accroché des deux mains à une autre. Il avait attendu en extension durant trois heures, le temps que les miliciens repartent après avoir saccagé le monastère et emporté les frères dans leurs camions.

Durant les six mois qui avaient suivi le sac, il avait rôdé entre Sertolovo et le lac Ladoga, offrant ses services pour dire une messe, donner le baptême, ou enterrer un mort.

Mais la concurrence était rude entre moines vagabonds. Ils étaient des centaines dans les forêts de Carélie, à vivre au jour le jour. Alors il s'était mis à prêcher l'Apocalypse. Selon les circonstances, il se faisait passer pour Envoyé de Dieu, pour Chrétien Orthodoxe Caché, ou pour Vieux-Croyant Popovets[1]. Annoncer la fin prochaine du monde s'était avéré payant, et il en avait profité sans vergogne. Et puis, ses années de cirque lui avaient donné le sens du spectacle, et ses prédications étaient prenantes.

Mais il était croyant, malgré tout. Ou plutôt, il n'arrivait pas à ne pas craindre le Seigneur. Lorsqu'il était seul, il se signait sans cesse et gardait les yeux à terre, de peur d'offrir son regard à la fureur divine.

Lorsque Nikolaï le ramena aux cabanons, Nikodime lui lança :

– Qu'est-ce qui me dit que tu n'es pas un milicien ?

– Interroge-moi, implora Iossif. Demande-moi de te réciter une prière ou de te chanter un psaume, celui que tu veux. Et puis, regarde-moi. Quel milicien serait aussi misérable ?

Il s'agenouilla, se signa trois fois et récita :

– Par les prières de nos saints pères, Seigneur Jésus-Christ notre Dieu, aie pitié de nous.

Le regard soudain tourné vers le haut, il attendait que Nikodime dise « Amen », cela aurait été la marque de son acceptation. Mais Nikodime ne dit rien et continua de le regarder en silence.

Puis d'un coup il lança :

– Qu'es-tu venu faire, à t'incliner devant le saint autel et cette sainte confrérie ?

La question était celle que posait le père igoumène au novice, au moment où celui-ci prenait ses vœux.

---

1. Les Vieux Croyants se répartissaient en deux sectes. Les Popovtsy étaient ceux dont la liturgie nécessitait la participation d'un prêtre.

A nouveau, Iossif baissa le regard :
— Parce que je souhaite la vie monastique et ascétique, vénérable père.
— Souhaites-tu vraiment être digne de cette vie angélique et devenir un membre de la confrérie des moines devant le Seigneur ?
— Oui, cela et tout ce que tu dis et que Dieu a fait, je le veux, vénérable père.
Nikodime hocha la tête, par petits mouvements :
— Admettons... Chante-moi le chant du fils prodigue, celui du pré-carême.
Iossif déglutit, s'éclaircit la voix et prit son souffle :

> *Père, j'ai péché*
> *Contre le Ciel*
> *Et devant Toi*

Nikodime l'interrompit :
— Quelle est l'autre occasion où l'on chante le repentir du fils prodigue ?
Iossif s'inclina et toucha le sol du front avant de se signer trois fois :
— A la cérémonie de tonsure, mon père.
Nikodime haussa les épaules :
— Donc, tu es des nôtres. Cela ne règle rien. Quel était ton monastère ?
— Saint-Serge, à Sertolovo. Nous étions trente-deux.
— Et les autres ?
Iossif raconta vite, pour que Nikodime ne l'interroge pas sur son passé de moine vagabond qui terrorisait les paysans en annonçant l'Apocalypse. A Léningrad, lui dit-il, les bolchéviks avaient transformé Notre-Dame de Kazan et la cathédrale Saint-Isaac en musées de l'athéisme. Presque toutes les églises de la ville avaient

été pillées. Désormais, elles servaient de dépôt, d'usine ou d'atelier :

— On y fabrique du fromage, des moteurs, des tables, des chaises...

— C'est d'accord, l'interrompit Nikodime. Tu restes.

Le soir, ils s'arrangèrent pour dormir à quatre dans le même cabanon. Nikodime déplaça son cercueil contre une des parois et les trois autres eurent assez de place pour s'allonger à ses côtés.

6

Vendredi 3 septembre 1937

Le jour où Guénnadi arriva aux cabanons, il n'avait rien mangé depuis quarante-huit heures. Alors, au moment d'entamer le repas, il regarda les autres par en dessous, hésita, et finit par tendre le bras en direction d'un petit tas de fruits rouges.

— D'abord on prie ! tonna Nikodime. Et puis je vous bénis ! Et puis on mange ! Et on ne se jette pas sur la nourriture ! Même si on est mort de faim !

Il garda les yeux sur Guénnadi durant quelques secondes, puis commença le chant du repas :

— *Les yeux de tous se lèvent vers Toi, Seigneur.*

Les autres suivirent :

— *Et Tu leur donnes la nourriture en temps voulu.*

Guénnadi réussit à chanter trois vers à peine. Déjà qu'il était peu sûr de lui... A l'école, on l'appelait *Guénnadi trouslivy*, Guénnadi le trouillard.

Il était entré au monastère à l'âge de quinze ans, emmené par sa mère : « Au moins là, tu seras protégé. » Elle n'avait pas eu à insister. Elle aussi lui faisait peur.

— La règle, c'est la règle ! dit Nikodime. Mange avec raison, et que le Seigneur te vienne en aide comme il nous a tous secourus.

Guénnadi s'était sauvé de Perm au moment du sac. Au gré des rencontres et des occasions de voyage, par carriole ou par wagon à bestiaux, il s'était retrouvé en Carélie, où durant des semaines il avait rôdé d'un village à l'autre, annonçant la venue de l'Antéchrist. Car s'il n'était pas courageux de nature, il avait du talent pour la prédication, et sa connaissance des textes était celle d'un savant. Mais d'autres, comme Iossif, servaient les mêmes rengaines, et il était bien jeune pour assumer le rôle du sage. Alors, pour compenser, il essayait de créer l'angoisse. Il regardait un paysan dans les yeux et disait par exemple : « Je suis venu t'avertir de notre fin à tous ! », ou encore : « Il arrive, l'Antéchrist, il arrive ! », qu'il lançait avec des airs incantatoires. Mais il n'arrivait pas à faire peur, et souvent le paysan se moquait de lui, l'insultait ou le chassait.

Au moment où il avait croisé Serghey, il s'était jeté à ses pieds, lui avait entouré les jambes de ses bras, et, front contre terre, l'avait supplié de partager un repas avec lui, au nom du Seigneur miséricordieux. Serghey l'avait ramené aux cabanons, et Nikodime, après l'avoir interrogé sur ses activités de prédicateur vagabond, avait compris que le garçon filerait doux : « Si tu veux rester, ce sera dans le respect du Seigneur et de ses commandements ! Sache-le ! » Guénnadi s'était mis à pleurer.

Avec lui, ils étaient sept désormais aux cabanons. La semaine précédente, Nikolaï avait trouvé Evghéni et Fyodor cachés derrière un buisson, comme deux enfants pris en faute. Ils venaient de Riazan, où ils étaient moines-prêtres. Maigres, âgés, très grands, ils se ressemblaient, moins par les traits que par leur allure, et surtout par leur regard bienveillant. Au monastère, une amitié affectueuse s'était installée entre eux. Ils avaient choisi d'être savants d'un même domaine, l'Ecclésiaste, et on aurait dit que le texte avait été écrit pour eux, tant ils étaient mesurés et profonds. Nikodime avait pensé qu'ils amèneraient de la dignité, et il les avait accueillis avec considération.

Au deuxième soir de leur arrivée, ils avaient proposé d'attribuer un nom biblique à chacun des cabanons, et tous avaient applaudi à l'idée, à l'exception de Nikodime. Mais celui-ci ne s'y était pas opposé. Ainsi, il accepta que le cabanon où il servait l'autel soit appelé Le Mont des Oliviers. Celui où ils dormaient reçut le nom de Nazareth. L'atelier fut appelé Bethléem, et le dortoir des trois nouveaux venus, Béthanie. Quant au cabanon des latrines, ils décidèrent, dans les rires et les applaudissements, de l'appeler Babylone.

Sur l'un des murs du réfectoire, baptisé Jéricho, Iossif avait fixé une croix russe d'un mètre de haut, faite de quatre branches de mélèze retenues par un jeu de lianes. Du plafond pendaient trois paniers en écorce de bouleau qui permettaient de maintenir les rongeurs à distance de la nourriture. L'un des paniers contenait les fruits, un autre la viande fumée, et le troisième du poisson séché.

– Raconte ce qui t'est arrivé ! lança Nikodime à Guénnadi.

– Pour tout dire, j'ai peur rien que d'y penser...

– A Saint-Eustache, dit Serghey, ils mitraillaient.

– Et ils chantaient ! dit Nikolaï.

Guénnadi secoua la tête :

– Chez nous, ils ont d'abord attrapé Mihaïl, le père igoumène. A l'arrivée des camions dans la cour, il avait quitté sa cellule, en innocent qu'il était, pour voir ce qui se passait. Ils l'ont dénudé devant les frères. Puis, pendant que deux miliciens le tenaient, un autre l'a castré, d'un coup de baïonnette. Après quoi, ils l'ont fusillé. L'un de nos archidiacres, il s'appelait Serghey, comme toi... Ils l'ont passé sous une douche et l'ont sorti. Il faisait moins trente. Serghey s'est transformé en pilier de glace et il est mort sur-le-champ. Dimitri, l'un des moines, a été crucifié à la porte de l'iconostase, le foie percé à la baïonnette…

— Chez nous, interrompit Evghéni, ils ont obligé les moines à prendre la communion avec du plomb fondu…

Les morts se comptaient chaque jour par centaines, par milliers chaque mois. Le pays grouillait de moines errants à la recherche d'un croûton. Les icônes étaient brûlées, volées, dépouillées de leurs incrustations. Les chandeliers, les croix en or massif, les tabernacles sertis, tout était pillé, désossé, détruit… Jusqu'à quand allaient-ils vivre ce cauchemar ?

— Il y a un temps pour tout, fit Evghéni.

— Un temps pour les bolchéviques ? demanda Guénnadi.

Oui, il y avait un temps pour eux aussi, répondit Fyodor. La nature des hommes était ainsi faite. Il fallait qu'ils se divisent. C'était leur façon de s'assurer qu'un jour le bonheur leur sera possible. C'était de cela qu'avaient besoin les hommes. D'une espérance de bonheur. De cet instant sublime qui s'appelle la consolation, où soudain l'on reprend goût à la vie, parce que l'on pense que demain sera meilleur.

— Alors, s'il y a un temps pour les bolchéviques, poursuivit Guénnadi, c'est qu'il y en aura un autre sans eux ?

— Le Christ retournera en Russie ? demanda Iossif.

— Il ne nous a pas quittés, répondit Evghéni, puisque vous êtes là. Il attend que vienne le jour.

— Mais lorsqu'il viendra, nous serons tous morts ! lança Iossif.

Et alors ? lui demanda Evgheni. Peut-être que leur mission était précisément d'accompagner la sainte Eglise sur sa croix… D'autres, demain, seraient les témoins de sa résurrection… Ce temps viendrait aussi.

Il se tourna vers Nikodime :

– En attendant, nous sommes heureux d'être ici avec toi, frère Nikodime. Heureux et reconnaissants.

– Que le Seigneur t'accorde sa bénédiction, ajouta Evghéni.

– On chante ? lança Iossif.

– On chante ! On chante ! firent Nikolaï, Serguey et Evghéni d'une seule voix.

– Des chansons de notre enfance, tu veux bien ? demanda Iossif.

– D'abord, la grâce du repas ! lança Nikodime. Où vous croyez-vous ?

Ils chantèrent la grâce, puis Nikodime donna la bénédiction et tous reprirent :

Car tu es saint, en tous temps, maintenant et toujours et au siècle des siècles. Amen.

– Et maintenant, on peut ? demanda Iossif. Des airs de notre enfance ?

Nikodime eut un geste des épaules :

– Vous n'avez pas vécu assez de souffrances ? De tristesses ?

– *Polno vam, snejotchki*[1] ! lança Guénnadi.

– Chante-la, ta chanson, qu'on en finisse ! fit Nikodime.

Il y eut un instant de silence, puis Evghéni commença, d'une voix de baryton :

Polno vam, snejotchki

1. Neige, le temps est venu.

Tous connaissaient la chanson et la rendirent avec chaleur, les yeux brillants.

Après quoi Fyodor lança d'une voix de ténor chevrotante :

– *Glukhoï, nevedomoï taïgoiu*[1] !

Nikodime resta figé, le regard devant lui. Cet étalage de nostalgie le dégoûtait. Il n'avait pas choisi la vie monastique pour chanter la taïga !

D'un coup, il se déchaîna :

– Vous êtes des moines ! Des hommes de Dieu ! Pas des soudards en goguette !

– Pourquoi te fâches-tu, frère Nikodime ? demanda Evghéni d'une voix douce. Nous ne faisons rien de mal. Nous chantons en souvenir de Léningrad. De notre enfance... Nous disons notre amour de la sainte Russie... Et puis, nos chansons racontent la glace des lacs, elles parlent du printemps, de la création divine...

– C'est vrai, frère Nikodime, reprit Iossif, en été, notre sainte Eglise sent les bois, le mélèze et le sapin... En hiver, elle a l'odeur du froid tranchant... Notre Eglise, c'est notre patrie...

Encouragé par les regards des frères, il s'enhardit :

– Ils prennent nos monastères, ils détruisent nos icônes, ils volent nos saintes reliques... Mais nos lacs, nos forêts, nos rivières, ils ne nous les prendront jamais, frère Nikodime ! Notre terre sera à nous pour toujours !

– Nos lacs sont rouges de sang ! répliqua Nikodime. Nos forêts sont un paradis pour les vers de terre, tant ils sont truffés de cadavres ! Les miliciens prennent nos terres et nous tuent, espèce de nigaud !

---

1. Par les sentiers inconnus de l'épaisse taïga.

– Nos chansons nous sont douces à l'oreille et au cœur, dit Fyodor. D'une certaine manière, frère Nikodime, nos chants…

– D'une certaine manière ? Et quoi encore ! Tu vas me dire que d'une certaine manière, un chant profane, c'est un chant sacré ? Tu te rends compte de ton blasphème ?

Il se leva, le regard fou, quitta le cabanon, fit vingt pas en direction de la forêt, s'étendit ventre contre terre, et pria de toutes ses forces pour le pardon de ses péchés.

7

Jeudi 9 septembre 1937

Ils étaient onze, désormais.

Au matin de ce 9 septembre, ils avaient accueilli Piotr, un novice d'à peine vingt ans qui venait de Kazan. C'était un garçon gracieux, malgré une forte claudication. L'avant-veille, au retour de la pêche, Serghey avait trouvé Vladislav effondré au pied d'un sapin. Il avait fui Toksovo, où les miliciens avaient mis le feu aux écuries de son monastère après y avoir enfermé les frères. En fin de journée, Aleksandr et Pavel, deux skhimniks très âgés, avaient demandé refuge, après trois mois de vagabondage dans les forêts de Carélie. Eux venaient de Vologda, où depuis une douzaine d'années ils vivaient en confrérie cachée avec d'autres anciens de Saint-Théraponte. Un jour, au retour de la pêche, ils n'avaient retrouvé personne. Leurs cabanes étaient intactes mais les frères avaient disparu.

« Nous comprendrions que vous ne vouliez pas de nous », avait dit Pavel, « nous ne ferons que manger votre pain. » Aleksander avait ajouté : « Nous sommes vieux, nous ne savons que prier. » Nikodime les avait embrassés : « Et moi, je ne sais pas même faire cela. Soyez les bienvenus parmi nous. »

Fyodor avait lancé :

– A douze, nous aurons créé la Nouvelle Jérusalem.

Tous avaient applaudi :

– On garde le nom !

Nikodime avait laissé faire.

Le soir, après le repas et les grâces, ils ne chantaient plus, par crainte de Nikodime et de ses colères, mais aussi parce que la tristesse était chaque jour plus lourde. Partout les exactions se poursuivaient. Les nouveaux venus racontaient qu'elles étaient toujours plus féroces, qu'il y aurait bientôt la guerre et que les miliciens étaient pressés d'en finir avec ces prêtres et ces moines qui pourrissaient le peuple.

– Pour le réfectoire, proposa Vladislav, j'ai une très belle icône, celle que j'étais occupé à restaurer au moment où les miliciens sont arrivés. Je lui dois la vie.

– Comment est-elle, ton icône ? demanda Pavel.

– Ancienne et très belle, répondit Vladislav. Mais particulière. Au monastère, elle a été la cause d'une grande querelle.

C'était un homme de petite taille aux cheveux roux, qui parlait d'un ton emphatique. A Saint-Michel l'Archange, connu pour ses icônes anciennes, il avait la responsabilité de l'atelier.

– Une belle icône, dit Pavel, c'est une occasion de se réjouir. Pas de se disputer.

Plusieurs frères la détestaient, raconta Vladislav. Si elle n'avait pas été détruite, c'était grâce à père Boris, leur igoumène. En réalité, il devrait dire : elle et les autres, car elles étaient sept, faites d'une même main. L'un des frères les avait rapportées de Tbilissi, pendant la guerre. De qui étaient-elles ? Personne ne le sait pour sûr. On parlait d'un Grec de Constantinople venu en Géorgie à la fin du XVIe siècle. Mais d'autres y voyaient la technique des Vénitiens, car les couleurs étaient posées par couches, et l'effet de cette technique était saisissant. On s'attendait à voir les chairs palpiter...

D'autres encore y voyaient la marque des Florentins et de leur *disegno*, comme ils disaient, car les contours étaient d'une grande maîtrise. Certains racontaient que cet homme avait rôdé au Bazar de Constantinople comme mendiant, qu'il avait connu le dépouillement, et qu'il y avait puisé une spiritualité vertigineuse. En fait, la seule trace qu'on avait de lui, s'il s'agissait du même homme, se résumait à quelques lignes dans la chronique de Tchelebi, écrites au siècle de Soliman. Elles racontaient l'histoire d'un ancien pauvre du Bazar qui peignait des icônes dans un monastère, aux environs de Constantinople, sur l'île des Princes[1], d'où il aurait été chassé avant de s'enfuir en Géorgie.

– Montre-la, ton icône ! fit Nikodime, plutôt que de nous saouler avec tes bavardages.

Vladislav quitta le cabanon et revint avec un tissu plié plusieurs fois autour d'un objet plat et rectangulaire, à la manière d'un antimension. Il le posa sur la nappe, et sous le regard immobile des dix autres, dévoila l'icône.

A sa vue, il y eut un « ah » très fort, dont on ne pouvait dire s'il était dû à l'émerveillement ou à l'effroi.

L'icône, une *Vierge à l'enfant,* était peinte dans la tradition byzantine, toute de tendresse. La Vierge avait le visage penché vers son fils, qui lui-même pressait le sien contre la joue de sa mère et l'embrassait. Les traits des deux personnages étaient d'une grande finesse, et leurs couleurs, très douces, donnaient à l'icône une humanité bouleversante. Sur le reste du tableau, le peintre avait représenté de petites constructions géométriques faites de ronds, de carrés, et de traits rectilignes, tous monochromes.

Autant les couleurs choisies pour représenter la Vierge

---

1. Réf. Tchelebi vol. 3 des mémoires, chap. 14.

et Jésus étaient dans la tradition de l'Eglise, faites d'ocre, de beiges, de jaunes passés et de roses très clairs, autant celles qu'il avait utilisées pour les formes géométriques étaient éclatantes, des bleus, des rouges et des verts très vifs.

– Je n'ai jamais vu une telle icône, dit Pavel. Que veut-elle nous dire ?

– Au monastère, ceux qui l'aimaient disaient qu'elle symbolise la construction divine de l'univers, répondit Vladislav.

Il vit que Nikodime regardait l'icône avec une attention intense et se sentit encouragé à poursuivre :

– L'icône rappelle que l'homme est fils de l'Univers autant qu'il est fils de Dieu. Qu'il est esprit et qu'il est corps. Qu'ainsi chaque corps est aussi esprit, prêt à s'élever jusqu'à Dieu.

Fyodor se tourna vers Evghéni :

– Qu'en dis-tu ?

– Elle rappelle l'homme à ses devoirs. Combat la pesanteur ! Aspire à l'espace ! A l'esprit ! A l'absolu ! Lance-toi dans l'aventure de la vie !

Le plus troublé de tous était Nikodime. Cette icône parlait de Dieu, des astres et d'aventure. Mais surtout, elle annonçait la communion entre l'homme et Dieu… Elle portait la promesse du pardon divin, annonçait la rédemption…

Il quitta l'icône des yeux et regarda Vladislav :

– Que s'est-il passé au monastère ?

– Si quelqu'un avait voulu semer la discorde, il n'aurait pas pu mieux faire que de nous offrir ces icônes. Plusieurs frères voulaient les détruire. Heureusement, le père igoumène les a cachées dans le mur qui séparait sa cellule de la bibliothèque.

– Et celle-ci ?
– Je te l'ai dit, je la restaurais. Si tu remarques, là, au coin supérieur gauche, le fond n'est pas du même beige. Au moment de ma fuite, je n'avais pas terminé le travail. Les six autres, je les avais traitées. Boris me les confiait une par une. Je les travaillais sans jamais m'en séparer. Cela m'a pris trois années.

Les frères gardaient les yeux sur l'icône, fascinés par tant de beauté mêlée à tant de force.

– Alors ? demanda Fyodor.
– On l'accroche, répondit Nikodime.

8

Mercredi 15 septembre 1937

« Qu'est-ce qu'il croit, cet imbécile ? », se demanda Nikodime au moment où il vit arriver Iossif. « Que je vais poser mon tronc, m'éponger le front et lui demander si la pêche était bonne ? »

Ce n'était pas l'envie qui lui manquait, de lui dire son fait, à cet énergumène qui passait son temps à pêcher, à nettoyer les poissons, à les effiler, à les sécher... Du temps qu'il aurait dû consacrer au Seigneur, à lui demander pardon de ses péchés, au lieu de vivre en glouton...

Au moment où ils se croisèrent, Iossif était prêt à exhiber le produit de sa pêche, quatre truites enveloppées dans une chemise. Mais sous le regard de Nikodime, il se sentit liquéfié. Il aurait tant voulu lui raconter... « Deux dans chaque manche, frère Nikodime ! Tu te rends compte ? Deux ! Et tu sais comment je les ai attrapées ? »

Sa technique consistait à laisser flotter une chemise au fil de l'eau, après avoir placé des brindilles d'arbustes dans ses manches, afin de les maintenir ouvertes. Les truites, curieuses mais peu malignes, s'y glissaient et restaient piégées par les brindilles.

Mais voilà... Nikodime ne voulait rien entendre de son histoire, cela se voyait. Alors Iossif resta coi et les deux hommes se croisèrent en silence.

Pendant que Nikodime gravit le Calvaire, il sentit sa colère enfler. Les frères se transformaient en bourgeois... Un soir, trois semaines plus tôt, un couple de paysans s'était présenté :

– Parmi vous autres, moines, y en a-t-il qui sont prêtres ? avait demandé la femme.

– Que nous veux-tu ?

– Nous avons un petit-fils à baptiser.

Nikodime avait envoyé Guénnadi, et ce dernier était revenu le lendemain chargé d'un sac où les paysans avaient mis trois bouteilles de vin, une fiole de vodka et un lapin.

Deux jours plus tard, une femme entre deux âges était venue demander un prêtre. Elle voulait se marier. Nikodime avait désigné Fyodor. Malgré son âge et toute sa sagesse, celui-ci était retourné de la noce imbibé d'alcool et la panse si pleine qu'il était au bord de l'épuisement. Dans une main, il tenait une bouteille de vin, et dans l'autre deux poulets déplumés.

La vie aux cabanons virait à la farce. Quant à lui, il n'avait pas appris à vivre avec les autres et ne savait que se mettre en colère.

Au retour du Calvaire, il se rendit au réfectoire et resta longtemps devant l'icône du Grec, tantôt à genoux, tantôt à plat ventre, à prier, à demander pardon et à essayer de comprendre pourquoi il avait fait de sa vie un tel désastre.

9

Lundi 20 septembre 1937

C'était la troisième fois qu'il les voyait. Caché dans le sous-bois, un couple de paysans l'observait. Une enfant les accompagnait, et de là où se trouvait Nikodime, il ne pouvait dire s'il s'agissait d'une fillette ou d'une jeune fille.

Il avait d'abord attribué leur présence au hasard. Mais deux jours plus tard ils étaient là.

D'où venaient ces gens ? Que lui voulaient-ils ? Car ils étaient là pour lui, cela ne faisait aucun doute.

Il décida d'interrompre son ascension et d'aller leur parler. Il referait une montée complète plus tard, l'esprit en paix, après les avoir chassés du sous-bois.

Arrivé devant eux, il eut un geste du menton :
– Que cherchez-vous ?

Le couple semblait terrorisé. Mais la fille dévisageait Nikodime sans retenue. C'était une adolescente de petite taille, très blonde. Elle avait une poitrine lourde qui lui donnait un air de femme-enfant.
– Nous t'avons vu gravir le sentier, il y a quelques jours.

Elle avait parlé en le regardant dans les yeux, et du fait de leur différence de taille, cela l'obligeait à lever le menton et renforçait encore son air de défi.

– Et alors ! fit Nikodime.

Il avait cherché dans les profondeurs de sa gorge un son aussi caverneux que possible, pour obliger cette impudente à baisser les yeux.

– Nous étions en dévotion devant toi, fit le père.

Il se signa trois fois :

– Pardonne-nous. Pardonne à ma fille Irina. Nous ne savons plus où chercher l'espoir. Alors nous venons te regarder.

– Vous m'avez vu, ça suffit !

– Nous ne voulions pas t'offenser, dit la jeune fille d'un ton calme.

– Partez ! dit Nikodime. Partez !

– Pardonne-nous, fit le père, que le Seigneur te bénisse.

Il lui tourna le dos et s'éloigna, suivi de sa femme. Mais leur fille garda les yeux sur Nikodime durant plusieurs secondes avant de rejoindre ses parents.

L'esprit en feu, il recommença l'ascension du Calvaire. L'image de la fille ne le lâchait pas. Il essaya de penser à autre chose. Il fallait qu'il se concentre sur une question grave, qui puisse l'occuper tout entier. Il s'arrêta, ferma les yeux, et resta ainsi, le tronc sur l'épaule, à chercher, dans le désordre de ses pensées, un sujet qui l'aide à chasser le démon.

Et le Christ ? A quoi avait-il pu penser en gravissant le Calvaire ? Car il avait dû s'interroger, c'était évident. Sinon, aurait-il demandé au Seigneur pourquoi Il l'avait abandonné ? Alors qu'il approchait du Golgotha sous les crachats et les insultes, que s'était-il dit ? Il avait accompli des miracles, guéri des hommes, il les avait nourris. Et voilà que ceux-ci le traitaient en criminel.

Sans doute avait-il pensé que la terre est peuplée de canailles. Qu'elle est même faite pour eux... Conçue pour les crapules… Que la mission confiée par le Père était précisément d'aider ces canailles à vivre avec le poids de leur ignominie. C'était pour cela que le Père avait voulu l'exhiber ainsi aux yeux de tous, humilié, insulté, subissant la pire injustice que jamais aucun homme n'aurait à subir. Pas pour les sauver, non. Cela était impossible. Mais pour montrer aux hommes quelles canailles ils étaient.

Et lui, Nikodime, était la plus grande de toutes.

Mais le souvenir de la jeune fille ne le lâchait pas. Il essayait d'imaginer ses seins, lourds sur un torse maigre, ses jambes fines, le duvet de son sexe…

Il chercha à quitter son obsession en repensant au Christ gravissant le Calvaire, mais ce fut peine perdue, et une honte nouvelle l'envahit, immense, d'avoir voulu penser au Sauveur pour se sortir de sa fange.

Maintenant, il se voyait devant Irina, d'abord vêtu de sa robe de moine, puis nu, le sexe tendu. Elle le fixait du même regard calme qu'elle avait eu pour lui lorsqu'ils étaient face à face, et il se demanda comment elle allait l'accueillir dans son corps lorsqu'il la pénétrerait.

Il poursuivit son ascension le souffle heurté, les muscles des jambes et des épaules en feu, les yeux brûlés par sa transpiration, pressant le pas au point extrême de l'effort dans l'espérance de voir sa fatigue chasser le démon.

Mais il n'y arriva pas, car tout en lui était pourri jusqu'à la moelle des os.

10

Lundi 10 octobre 1937

— Je l'ai trouvé sous un amas de détritus, fit Piotr.

La veille, un paysan l'avait informé qu'à Toksovo, l'église du Christ Saint-Sauveur avait été mise à sac. Elle se trouvait à trois heures de marche, mais il y était allé, malgré sa claudication.

Dans l'église, il ne vit que des cendres et des gravats. Les icônes avaient été mises en tas devant l'autel et incendiées. Alors, au milieu de la nef, Piotr avait éclaté en sanglots. Quel était le sens de la venue du Christ sur terre, quand les hommes se montraient d'une telle cruauté les uns envers les autres ?

Il était resté debout, le visage caché dans ses mains. Puis il s'était couché sur le ventre au milieu des gravats, les bras en croix, et avait prié longtemps, avec ferveur, pour que le Seigneur pardonne aux hommes leur ingratitude et leur méchanceté.

Au moment de se relever, il avait senti un objet dur lui pénétrer le flanc. C'était un encensoir de petite taille, ancien, et d'une délicatesse extrême. Que devait-il en faire ? L'encensoir appartenait à l'église. Mais le laisser sur place lui parut impensable. Aux cabanons au moins, il serait protégé des vandales.

Le soir, après que Piotr eut frotté l'encensoir au chiffon, il apparut comme au jour de sa création, éclatant de beauté. Il était en argent ciselé.

– N'est-il pas magnifique ?

Nikodime le prit en main, l'observa longuement et l'embrassa.

– Si tu veux bien, reprit Piotr, je vais retourner à Toksovo. Le paysan m'a parlé de quatre autres églises qui ont été saccagées le même jour que celle du Christ Saint-Sauveur.

Nikodime regarda le garçon, l'air dubitatif.

– Je sais ce que tu penses, fit Piotr. Je marche aussi bien que n'importe qui. En plus (il sourit), lorsque je croise des miliciens, ou des policiers, je boite encore plus, et on me laisse en paix.

– Que Dieu te garde, fit Nikodime.

Le lendemain, Piotr ramena un chandelier d'argent, une croix pectorale, et une *Descente de la Croix*. Les trois objets étaient endommagés, et aucun n'avait la délicatesse de l'encensoir. Mais après un dépoussiérage délicat, ils retournèrent à la vie. Nikodime demanda à Iossif d'accrocher l'icône et la croix au réfectoire et d'aménager une tablette pour y poser le chandelier.

– Que le Seigneur te bénisse, dit Evghéni à Nikodime.

11

Lundi 17 octobre 1937

Il pleuvait depuis quatre jours, et le Calvaire était boueux autant qu'il pouvait l'être. Mais Nikodime ne s'en plaignait pas. Chaque deux pas, il se retournait, content que la boue et les glissades lui donnent l'occasion de regarder vers l'arrière, là où six jours plus tôt il avait aperçu le couple de paysans.

Le souvenir d'Irina ne le lâchait pas. De jour, qu'il gravisse le Calvaire ou qu'il serve l'autel, il pensait à elle sans cesse, plongé dans un immense mépris de soi. La nuit, elle hantait ses rêves, tantôt aguicheuse, la poitrine en avant, tantôt défiante, les yeux dans les siens. Et il se retrouvait chaque fois englué dans un mélange de désir et de honte.

12

Mercredi 26 octobre 1937

— Crapule ! lança Vladislav.
— Bandit de grand chemin ! répliqua Iossif.
Debout à l'entrée du réfectoire, les deux hommes se disputaient une icône. Chacun la tenait d'une main, et aucun ne semblait prêt à lâcher.
— C'est moi qui l'ai vue en premier ! reprit Fyodor.
— Et c'est moi qui l'ai décrochée ! répliqua Iossif. Elle est à moi !
A Pskov, l'église Saint-Serge de Radonège avait été mise à sac deux semaines plus tôt, et quelques objets avaient échappé au massacre. Une *Descente de la Croix* était accrochée si haut sur le mur d'une des chapelles que dans leur fureur, les miliciens l'avaient négligée. Iossif y avait accédé à l'aide d'une corde passée autour du crochet qui tenait l'icône et avait servi de point d'accrochage à son escalade.
— L'icône n'est ni à l'un ni à l'autre, fit Nikodime. Elle est au Seigneur.

Il les regarda tour à tour et posa les mains sur l'icône. Dans l'instant, ils lâchèrent prise.
Il n'en pouvait plus, des frères, de leurs disputes et de leurs beuveries. Il n'en pouvait plus de lui-même, surtout, qui était encore plus scélérat qu'eux.

13

Jeudi 27 octobre 1937

Désormais, les habitants de la région connaissaient la Petite Jérusalem, et les frères étaient sollicités pour des enterrements, des mariages, ou des messes. Il leur arrivait de donner des baptêmes par trois ou quatre à la file. Ils revenaient aux cabanons chargés de victuailles ou de boissons. Au repas du soir, tous mangeaient et buvaient sans retenue, à l'exception de Nikodime et de Guénnadi, qui se souvenait de la leçon. Deux jours plus tôt, Serghey et Piotr s'étaient disputés à propos d'un filet de truite. Serghey prétendait que Iossif l'avait trop fumé. Piotr, qui venait du sud, où l'habitude était de manger des plats au goût prononcé, avait traité Serghey de *mamenkin synok*[1], et tous s'étaient esclaffés. « Laisse ma mère tranquille ou je raconte ce que je sais sur la tienne ! » avait lancé Serghey.

Une semaine auparavant, Vladislav avait contesté la règle fixée par Nikodime. Pourquoi était-il interdit de chanter après les grâces ? Iossif était revenu à la charge, lui aussi, suivi de Serghey.

Nikodime s'était levé, les avait regardés, et cela avait suffi à calmer leur envie de chanter.

Deux jours plus tard, Iossif et Vladislav s'étaient disputés à propos d'une paysanne qui s'était montrée

---

1. Fils à maman.

généreuse en vin et en œufs après que Iossif eut agité le spectre de l'Apocalypse. « User de tels arguments pour dépouiller une ignorante ! », avait lancé Vladislav. Cette fois, c'était de sa voix qu'avait dû user Nikodime pour faire cesser la dispute.

A la Petite Jérusalem, la prière et la repentance avaient laissé place à la vie matérielle.

14

Vendredi 28 octobre 1937

Elle l'attendait.
Ce fut lui qui baissa les yeux :
— Tu ne dois pas être ici !
— Je voulais te voir.
— Et moi, je ne veux pas que tu me voies ! Ni je veux te voir ! Déguerpis ! Va chez tes parents !
— Je ne sais pas où ils sont.
Il leva les yeux sur elle :
— Tu ne sais pas où sont tes parents ?
— Ils ont été pris.
— Rentre chez toi ! lança Nikodime. Pars !
Elle ne bougea pas.
— Où habites-tu ?
— Sur la route du lac Ladoga, à une heure.
Il continua de la regarder avec intensité, puis lui tourna le dos et se dirigea vers le Calvaire.

15

Lundi 1ᵉʳ novembre 1937

— Où est ton frère ? demanda Nikodime à Serghey.
— Avec Fyodor. Ils avaient un baptême et un enterrement.

Les deux hommes arrivèrent une heure plus tard, à moitié ivres.

Nikodime se précipita sur Fyodor, lui saisit la gorge de ses deux mains et se mit à le secouer tout entier :

— C'est toi qui dois guider le novice ! Et tu vas te saouler avec lui ? Réponds, *dourak*[1].

Fyodor suffoquait. Pris par sa fureur, Nikodime continuait de lui serrer la gorge.

— Frère Nikodime ! cria Guénnadi. Lâche-le ! Pour l'amour du Seigneur !

Mais Nikodime ne lâcha pas sa prise. Quelques secondes plus tard, Fyodor s'effondra, les mains de Nikodime autour de son cou. Celui-ci finit par desserrer les doigts et Fyodor tomba au sol.

Il y eut un instant de silence.

— Il respire ! fit Evghéni.
— Et toi aussi, tu mériterais que je t'étrangle ! lança Nikodime à Nikolaï. Et vous tous, qui passez votre temps

---

1. Abruti.

à boire, à vous prélasser, et à insulter le Seigneur ! Une bande de canailles, voilà ce que vous êtes !

Il quitta le cabanon, chercha son tronc, et se dirigea vers la forêt en marchant aussi vite qu'il pouvait, incapable d'organiser ses pensées. Lorsqu'il constata qu'il avait emprunté la route du lac Ladoga, il fit demi-tour, toujours très vite, se retrouva au pied de la carrière d'argile, et entreprit l'ascension du Calvaire.

Malgré l'obscurité, il arriva au Golgotha plus vite qu'il ne l'avait jamais fait. Il posa son tronc à terre, se coucha sur lui, les bras en croix, et passa le reste de la nuit étendu dans le froid, la bouche et le nez envahis de poussière.

Ses péchés n'étaient ni confessés ni pardonnés. Il n'aurait jamais de rédemption. Qui était-il pour juger les autres ? Il n'y avait pas pire scélérat que lui.

Alors il décida de rester au Golgotha jusqu'à ce que le Seigneur l'éclaire sur ce qu'il devait faire du reste de sa vie.

16

Mardi 2 novembre 1937

La lumière de l'aube baignait la carrière. Durant quelques secondes, une brise caressa le visage de Nikodime, et il ressentit un bien-être inattendu. La nuit désespérée qu'il venait de vivre, ce qu'il avait subi des gredins de la Petite Jérusalem, tout cela lui apparut soudain comme autant de signes. Ce qu'il devait faire de sa vie lui fut d'un coup aussi clair que l'eau du ruisseau où ce voyou de Iossif piégeait ses truites. C'était sa chance, Iossif, et qu'il soit un gredin, surtout. Fyodor, et Nikolaï et Guénnadi, et les autres canailles, tous étaient sa grande chance.

Il se leva, saisit son tronc, et prit le chemin des cabanons.

17

Mardi 2 novembre 1937

— Un jour, notre Sainte Eglise renaîtra, fit Nikodime.
Les frères le regardèrent sans comprendre. Déjà, une heure plus tôt, lorsqu'ils l'avaient vu apparaître pour les vêpres, il avait un air étrange. « On dirait qu'il a trouvé la paix », avait murmuré Guénnadi à Piotr.

Il avait dit la bénédiction et les grâces, puis avait levé le bras :
— Nous allons nous mettre au travail.
La vérité se trouvait dans ce mot. Le travail. Nikodime l'avait compris. Si le Christ avait refusé les propositions de Satan, ce n'était pas sa confiance en l'homme qui l'avait décidé à le faire. C'était son sens des réalités. L'homme était un pécheur. Mais à qui confier une tâche, sinon à un pécheur ? Celui-là n'avait qu'une seule voie de salut, celle de se racheter... Le Christ n'avait-il pas confié la construction de son Eglise à Pierre, sachant par avance que celui-ci allait le trahir ? Et même trois fois ? Mais il savait aussi que Pierre allait œuvrer à sa rédemption comme personne ne l'aurait fait.
Les dix autres continuaient de le regarder sans comprendre. Il voulait les mettre au travail, soit, mais à quel travail ? Ses mots étaient ceux d'un illuminé.

Nikodime les chercha des yeux, l'un après l'autre. Puis il dit à voix forte, le regard intense :

– Les messes, les baptêmes, les enterrements... Ils sont des centaines à les proposer !

Les frères se regardèrent, l'air inquiet. Nikodime avait perdu la raison.

– Désirer le baptême pour ses enfants, reprit Nikodime, ou l'enterrement pour ses morts, c'est déjà montrer qu'on est chrétien. Et pourquoi ces gens sont-ils chrétiens ?

Iossif lança :

– Par le miracle de notre sainte Eglise ?

Nikodime hocha la tête :

– Notre sainte Eglise est en train de mourir...

Il laissa passer un silence :

– Mais elle renaîtra ! Il y a un temps pour tout...

Il regarda Fyodor :

– N'est-ce pas ce que tu nous dis ? Un temps pour vivre et un temps pour mourir ? Et puis un temps pour vivre à nouveau, et ainsi jusqu'au Jugement dernier ?

D'un coup sa voix devint douce :

– Mais comment notre Eglise fera-t-elle pour renaître, si elle est en pièces ?

Les autres restaient ébahis, les yeux fixés sur lui.

– C'est pour elle que nous allons travailler. Pour que la Lumière éternelle éclaire à nouveau notre mère Russie.

– Frère Nikodime, fit Iossif, pardonne-moi...

Il sourit avec gaucherie et dévoila une bouche édentée :

– Nous ne sommes qu'une bande de gredins... Tu l'as dit toi-même...

– De gredins et de canailles... Mais vous êtes habiles... Toi surtout, Iossif ! Qu'est-ce qui t'a permis de nous ramener la *Descente de la Croix* ?

— Il a fallu faire des acrobaties, frère Nikodime ! Comme au cirque !

Il rit et découvrit encore ses gencives :

— Frère Vladislav m'a pris sur ses épaules, ça ne suffisait pas. Alors on a cherché deux chaises pour qu'il soit sur ses jambes à l'équilibre, plus une autre à partir de laquelle je me suis hissé sur lui, et j'ai accroché la corde au crochet qui tenait l'icône.

— Et toi, demanda Nikodime à Igor, lorsque tu as trouvé la croix pectorale, comment as-tu fait ?

— J'ai grimpé sur deux tables en équilibre l'une sur l'autre, frère Nikodime, et je l'ai décrochée du mur avec ma canne (il se mit à rire).

A nouveau, il y eut un silence.

— Eh bien, nous allons préparer la résurrection de notre Eglise, dit enfin Nikodime.

18

Jeudi 4 novembre 1937

L'appellation risquait de diviser les frères. Mais c'était dans la nature des hommes, qu'ils se divisent. Alors Nikodime choisit un nom qui portait en lui toutes les contradictions de l'homme, son désir de s'élever et son goût d'être un gredin.

Après qu'ils aient dit les matines et la prière, Nikodime les réunit au réfectoire. Il faisait nuit encore.

Ils s'assirent en cercle, comme pour le repas du soir.

Nikodime tenait en main un cahier :

– Nous devrons être d'une union sans faille.

– Nous le serons, frère Nikodime.

C'était Guénnadi :

– Nous sommes impatients.

Impatients de quoi ? De laisser libre cours à leurs instincts ou de servir l'Eglise ?

Dix minutes lui avaient suffi pour griffonner les règles sur un vieux cahier trouvé à l'économat, dont quelques pages étaient encore vierges.

– Voici nos statuts[1], fit Nikodime. Ecoutez-les attentivement. Que celui qui n'adhère pas à l'une ou l'autre de leurs règles s'exprime sans tarder.

---

1. L'original de ce document est exposé au musée de l'Ermitage.

– Nous t'écoutons, fit Mihaïl.
– Je vous les lis.

En l'an de grâce 1937, en ce quatrième jour de novembre qui fête Notre-Dame de Kazan, nous tous soussignés décidons devant Notre Seigneur, en vue du jour prochain où notre sainte Eglise de Russie aura retrouvé sa juste place, de sauver du saccage bolchévique les objets sacrés auxquels nous pourrons accéder, par les moyens que le Seigneur voudra nous indiquer dans Sa grande miséricorde, afin que notre mère la sainte Eglise de Russie puisse un jour reprendre vie dans le respect de sa mission, en conformité avec ses saints canons.

– Bravo ! crièrent tous les frères. Magnifique !
Nikodime poursuivit sans broncher :

Ainsi, nous établissons ici les statuts et règlements de la ...

Il s'interrompit, jeta un coup d'œil aux dix autres, et reprit :

La Confrérie des Moines Volants.

– Oui ! s'écria Iossif. Oui, oui et oui !
A nouveau, tous applaudirent. La joie était sur tous les visages :
– Nous serons des acrobates !
– Des anges ailés !
– Nous allons voler au secours de notre mère l'Eglise !
Cela ne lui était pas facile, de faire plaisir à ce gredin

de Iossif. Mais il avait besoin de lui. Et de tous les autres. Il fallait aider l'Eglise à traverser les ténèbres. Et Iossif allait contribuer à cela. Faire l'acrobate, c'était surmonter les pesanteurs. C'était s'élever vers l'absolu.

Nikodime pointa du doigt l'icône du Grec :

– Que nous dit cette icône ? Que ce que nous voulons accomplir n'a rien d'une aventure. Qu'il s'agit d'une tâche sacrée, difficile et périlleuse. En êtes-vous conscients ?

– Bien sûr, fit Fyodor.

– Nous te suivrons dans la foi, ajouta Evghéni.

– Dieu te bénisse, saint homme, fit Vladislav.

– Je poursuis, reprit Nikodime.

Chacun confiera les objets sauvés par son courage et par sa foi au supérieur de la confrérie, qui seul décidera du lieu de leur cache et l'indiquera à l'un des frères et à lui seul.

– Et pourquoi à l'un plutôt qu'à tous ? lança Guénnadi. Après tout, nous sommes tous liés !

– Parce que chacun de nous risque de se faire arrêter, répondit Nikodime sur un ton ferme. Pour cette raison et pour elle seule.

Il jeta un regard circulaire aux frères. Aucun ne broncha.

– Alors c'est entendu.

Le premier supérieur sera frère Nikodime. Le frère adjoint sera toujours l'aîné des autres frères. Le premier d'entre eux sera Aleksandr.

Il s'interrompit et à nouveau attendit une réaction. Il n'en vint aucune.

– Poursuis, lança Iossif.

Si le supérieur venait à disparaître, les membres de la confrérie se concerteront pour nommer son remplaçant. Ils le choisiront parmi eux.

Fait et signé de tous à la Petite Jérusalem, le 4 novembre 1937.

– Et où irons-nous chercher ces trésors ? demanda Piotr.

– C'est vrai ça, renchérit Pavel. Nous n'allons pas les inventer. Et puis, tant a été détruit, déjà...

A nouveau Nikodime leva le bras :

– Beaucoup d'églises sont fermées mais pas détruites. Kazan et Saint-Isaac ont été transformées en musées de l'athéisme. Mais elles sont encore garnies.

– Par le bon vouloir de père Iossif ! lança Piotr.

– Pas moi, l'autre[1] ! s'écria Iossif.

Tous éclatèrent de rire.

– Il y a aussi d'autres églises, fit Vladislav. Je le sais.

– Nous les chercherons, fit Nikodime. Là où nous pourrons aller, nous irons, et pour cela...

Il se tourna vers Iossif :

– Je te charge de préparer les frères. Entraîne leurs corps. Renforce leurs muscles. Montre-leur comment tu fais pour t'élever dans les airs.

– Avec joie ! fit Iossif en découvrant ses gencives. Que le Seigneur t'apporte la paix, frère Nikodime.

---

1. Iossif était le prénom de Staline.

19

Jeudi 4 novembre 1937

— C'est frère Anton, dit Pavel. Il était au Christ Saint-Sauveur, à Moscou.
— Je rôde depuis neuf semaines, fit Anton.
— Il y a encore une place dans notre cabanon... reprit Pavel.
— Nous serons douze, fit Iossif. Comme les apôtres.
Nikodime eut un geste du menton en direction du nouveau venu et lui demanda s'il était né à Moscou. Non, répondit Pavel, il venait de Moscou. Mais il était né à Novgorod.
— Tu veux dire, Nijni-Novgorod ?
— Non, frère Nikodime. Novgorod. A deux cent verstes.
Nikodime se tourna vers Pavel, fit « Montre-lui où il va dormir », et quitta le cabanon.

20

Vendredi 5 novembre 1937

Le cimetière avait dû être abandonné depuis très longtemps, car il était couvert de ronces, de lierres et de taillis au point qu'il sembla impossible à Nikodime d'accéder aux tombes. Il y avait trois petites chapelles, et il lui fallut dix à quinze minutes pour accéder à chacune. A l'aide d'une branche, il déplaça la grande pierre qui permettait l'accès à la crypte, et descendit les quelques marches qui menaient à l'espace où étaient entreposés les cercueils. Il y en avait huit dans la première chapelle et plus de dix dans la seconde. La troisième n'en comptait que deux, posés l'un à côté de l'autre en contrebas des marches, sur la gauche.

Ce serait donc celle-là.

Il quitta la crypte, replaça la pierre dans sa position d'origine et fit le tour du monument. A l'entrée figurait une inscription :

Vassili Alexandrévitch Smirnov 1812-1872
Anna Pavlovna Smirnova 1820-1888

Il creuserait un trou en lisière de la crypte, de trois pas sur trois, et profond de deux mètres. Une fois le trou creusé, il déplacerait les pierres du mur depuis l'extérieur. Il lui serait alors possible d'étayer l'accès, de l'isoler, de le recouvrir d'une trappe, et pour finir de camoufler le tout.

Il y retourna le lendemain après les matines, à une heure où il faisait encore nuit, pour ne pas être vu avec une pioche.

21

Samedi 6 novembre 1937

L'icône était haute d'un mètre au moins et à peine moins large.

Elle représentait saint Jean-Baptiste. La moitié de son buste était couverte d'une robe, alors que l'autre moitié révélait un corps d'ascète. Les couleurs, des beiges, des ocre et des bruns très sombres, donnaient au personnage de la noblesse, et même de la majesté. Mais son regard était d'une grande violence, et par comparaison au reste du tableau, si sobre et retenu, l'expression du saint apparaissait d'autant plus terrifiante.

Nikodime n'arrivait pas à la quitter du regard.

– Nous sommes entrés par la porte arrière, fit Iossif, celle qui donne sur Nevski Prospekt. Le plus délicat, c'était la grille. Elle est haute de quatre ou cinq mètres, et il fallait faire très vite. Mais une fois arrivés à la porte d'entrée, débloquer la serrure fut un jeu d'enfant. Pour Iossif !

Il sourit et découvrit ses gencives.

– La vraie difficulté, ajouta Nikolaï, c'était de distinguer dans le noir ce qui valait la peine d'être ramené.

– Avec son fond en argent, celle-là, on l'a repérée de suite, reprit Iossif. On ne pensait pas trouver une pièce aussi grande. Heureusement, elle entrait dans le sac.

Ils transportaient les objets dans de grandes poches de toile que Iossif avait confectionnées à partir de tissus rapiécés.

– Pour sortir, malgré l'icône, on a mis moins de temps que pour entrer ! reprit Nikolaï.

– Comme si nous étions ailés ! lança Iossif.

– Dieu vous bénisse, fit Nikodime.

Nikodime fit suspendre l'icône au réfectoire, à côté de celle du Grec.

Le soir, après les grâces, Piotr, qui n'avait pas assisté aux premières colères de Nikodime, lança :

– On chante ?

– Oui ! s'écrièrent les autres. On chante !

L'heure était à l'espoir. Nikodime sortit prier, et durant une heure les autres chantèrent des mélodies de leur enfance.

22

Lundi 8 novembre 1937

Sa robe était trempée d'eau et de sueur. Malgré la pluie froide et le vent, il avait déjà creusé un demi-mètre.

Il s'arrêta quelques secondes, jaugea son travail, et crut défaillir. Devant lui se tenait Irina.

Il resta immobile, les yeux sur le corps de la jeune fille.

— Tu creuses une cache, fit Irina. Je l'ai compris. Après tu vas enlever les pierres de la crypte et tu entreras par l'arrière.

— File ! cria Nikodime, toujours debout au milieu du trou. Disparais !

Elle le toisa, lui tourna le dos et s'en alla.

23

Lundi 8 novembre 1937

La vieille femme priait seule au milieu de la nef. Le genre de pieuse qui pourra me renseigner, se dit Piotr.

Il s'approcha d'elle et attendit, debout, à se dandiner, pour qu'elle remarque combien il boitait et comprenne que de lui elle n'avait rien à craindre.

Mais rien n'y fit, la vieille restait plongée dans sa prière. Piotr finit par s'agenouiller à trois pas d'elle, entre la nef et le grand escalier, et se mit à prier avec ferveur.

Une demi-heure plus tard, la femme se leva, et Piotr remarqua qu'elle boitait, elle aussi. En passant près de lui, elle jeta un coup d'œil à sa canne, et dans le silence de l'église, émit un rire incongru :

— Alors, nous sommes deux ?

Piotr se leva :

— Pourquoi prier à l'étage ?

— Pour prier en paix, *zaïtchik moï*[1].

Elle rit à nouveau et entreprit de descendre les escaliers.

— Il y a moins de va-et-vient qu'en bas, même si c'est le désert partout. Enfin... Et toi, mon lapin, tu n'as pas l'air plus vaillant que moi... Même si tu es jeune. C'est

---

1. Mon lapin.

d'ailleurs pour cela que tu me prends pour une idiote... Tu crois que je n'ai pas compris ton cirque ?

— Pardon, fit Piotr.

— Si tu tournicotais autour de moi, ce n'était pas pour mes beaux yeux...

— Je voulais te demander...

— Ah, tu vas enfin sortir ce que tu as dans le ventre !

— Où d'autre peut-on aller prier ?

Elle le toisa d'un œil noir et chuchota :

— Tais-toi, espèce d'âne bâté !

Elle continua de descendre les marches. Arrivée à l'église du bas, elle le regarda dans les yeux et eut un geste de la tête comme pour dire : « Suis-moi. »

Dès qu'ils furent dehors, elle lui fit un clin d'œil :

— Maintenant on peut causer. Je les connais toutes, mon lapin. Il y en a cinq encore. Je veux bien te donner les noms, mais dis-moi d'abord... Pourquoi veux-tu tant y aller ? Il y a des choses qui t'attirent ? C'est bizarre, cette envie que tu as de prier partout...

— S'ils se mettent à les fermer l'une après l'autre, vois-tu, comment saurai-je où aller ?

24

Mardi 9 novembre 1937

A Saint-Vladimir, ils avaient été à quatre.
– L'oklad[1] était accroché à trois mètres du sol, fit Iossif. On a passé la corde au-dessus d'un lustre. Piotr et Vladislav guettaient, chacun à l'une des portes latérales, et Nikolaï m'a hissé en poulie. A mi-hauteur, Serghey m'a tiré en direction du mur qui faisait face à celui où se trouvait l'oklad, et m'a lancé en balancier. Au quatrième coup, j'ai réussi à m'accrocher à une pierre en saillie de la paroi.

Réunis dans le réfectoire, ils se pressaient les uns contre les autres, avides de voir l'immense oklad que Nikodime venait de poser au sol, en équilibre contre le mur.

La pièce était d'une majesté inouïe. Elle avait été conçue pour une trinité qu'elle recouvrait entièrement, à l'exception des visages, des mains et des pieds. Des plaquettes d'or en faisaient le tour, chacune gravée de scènes d'archanges et de saints. Sur sa partie principale, des parures ornaient le pourtour des visages, chaque fois par deux : un collier d'or serti de pierres précieuses et un diadème pour l'auréole, fait d'or et de perles. Les habits des personnages étaient gravés de motifs floraux,

---

1. Revêtement d'une icône en métal précieux.

et une nappe, finement gravée elle aussi, portait un calice rehaussé de pierres précieuses.

Personne ne disait mot.

Nikodime entama le tropaire de la Sainte-Vierge de Kazan :

> *Zastupnice userdnaïa*
> *Mati gospoda Vychniago*
>
> *Défenderesse assidue,*
> *Mère de Dieu tout-puissant*

Les autres reprirent en chœur :

> *Velitchaem Tia*
> *Presviataïa*
>
> *On t'appelle*
> *La Sainte-Vierge*

Ils chantaient, se signaient et s'inclinaient, face contre terre.

Lorsqu'ils terminèrent de chanter, Nikodime dit :

– Dieu vous bénisse, toi Iossif, et toi Nikolaï, et toi Serghey, et toi Vladislav.

– Amen, dirent les autres.

25

Jeudi 11 novembre 1937

– Qui t'a dit de faire ça ?

Nikodime allait exploser. Debout dans le trou, Irina était en plein effort, les manches de sa blouse relevées. Ses bras, son visage, ses mains, sa robe, tout sur elle était terreux, à l'exception de son front qui luisait de sueur.

Maintenant le trou était profond de bien un mètre. A sa lisière, il y avait un petit monticule de terre.

Nikodime eut un geste du menton :

– Où est le reste ?

– Je l'ai transporté à la pelle, un peu partout. Pour ne pas laisser de trace.

Sa réponse irrita Nikodime encore plus. La veille, après avoir fini de creuser, il avait fait de même.

– File d'ici !

Elle s'extirpa du trou et le regarda dans les yeux :

– Tu auras besoin d'une trappe. Il y en a une à la ferme. Je l'emmènerai demain.

Elle épousseta sa robe par trois fois au niveau du ventre, puis deux fois sur ses seins, passa près de Nikodime en le frôlant de sa poitrine et partit.

26

Dimanche 14 novembre 1937

— Pardonne-moi, frère Nikodime…
C'était Anton, celui de Novgorod :
— Depuis que je suis arrivé à la Petite Jérusalem, je me demande…
— Quoi donc ? fit Nikodime avec nervosité. Que te demandes-tu ?
— Tu n'es pas de Novgorod, toi-même ?
— Je viens de Tbilissi, fit Nikodime.
— Vous étiez très peu de Russes, à Tbilissi, je crois…
— Très peu, en effet, fit Nikodime.
Qu'avait Anton à le questionner de façon si précise ? Qu'est-ce qu'il cherchait ?

27

Dimanche 14 novembre 1937

Chaque trois pas, les mots revenaient en ritournelle :
Ya kontchenny tcheloviek… Je suis un homme perdu.

Il l'était depuis toujours. Depuis qu'il s'était enfui de Novgorod, vingt-cinq ans plus tôt, et sans cesse à compter de ce jour. Perdu à chaque confession qui n'était qu'une farce. Perdu devant Dieu. Et bientôt plongé dans l'infamie devant les hommes. Il n'était plus qu'un mensonge auquel on allait arracher sa robe de moine.

Il continuait de gravir le Calvaire et la ritournelle ne le lâchait pas :

Ya kontchenny tcheloviek…

La veille, au repas, pendant qu'Anton racontait son histoire, Iossif avait posé les yeux sur lui, longuement, comme il n'aurait pas eu le courage de le faire jusque-là. Comme quelqu'un qui est sur le point de deviner.

Ya kontchenny tcheloviek…

Il glissa, faillit s'étaler et s'arrêta, tremblant tout entier. Il respira et expira longuement, plusieurs fois, puis reprit son ascension, remerciant le Seigneur pour la pluie qui mouillait le sentier et rendait son ascension douloureuse. Il lui fallait faire trois pas pour avancer d'un seul et il n'était pas au tiers de l'ascension que déjà les muscles de ses jambes étaient en feu.

A nouveau il eut devant lui l'image d'Irina qui piochait, s'arrêtait et levait les yeux vers lui, le corps moulé dans sa robe baignée par la pluie.

Dans la seconde qui suivit, l'image de sa cousine Macha se mêla à celle d'Irina. Toutes deux le regardaient en souriant, comme des diablesses qui s'apprêtaient à commettre le mal l'une avec l'autre, pour le plonger dans le feu du désir et le livrer à Satan.

Il s'arrêta, posa son tronc sur le sentier dans le sens de la montée, et se coucha sur lui, face contre terre, les bras étendus.

Mais rien n'y fit. Maintenant, leur audace était sans limites. Irina aidait Macha à enlever sa robe.

Il se frotta le front contre le sol, plusieurs fois, jusqu'à ce qu'il le blesse, puis resta immobile. Il était trop honteux pour prier. Tout était faux dans sa vie.

Il repensa à Anton, se dit qu'il fallait le réduire au silence, et comprit qu'il était en train de perdre la raison.

28

Dimanche 14 novembre 1937

Nikodime n'en revenait pas.

La cache avait été consolidée de façon magistrale. Des branches de bouleau hautes de deux mètres avaient été reliées entre elles par un système de cordages et plantées dans des empochements d'au moins cinquante centimètres, ce qui donnait aux parois une rigidité surprenante. Le fond de la cache était recouvert de pierres plates sur lesquelles une épaisse couche de paille avait été tassée. Les pierres avaient sans doute été ramenées de la rivière au prix d'un effort immense. Fourrée entre les branches de bouleau, la paille tapissait également les trois parois de l'abri et lui donnait une isolation aussi bonne qu'on pouvait l'espérer. Les pierres situées sous le linteau de la crypte avaient été descellées, si bien qu'entre cache et crypte, le lien était créé. Au-dessus du trou, trois couches de pierres plates isolaient une trappe. La terre extraite de la cache avait été évacuée, et sa partie supérieure camouflée par des branches de sapin.

Quand Irina avait-elle eu le temps de creuser ? La force de transporter la ferme et les pierres ? D'évacuer le reste de la terre ? D'installer la trappe ?

29

Lundi 15 novembre 1937

— Je dors mal depuis une semaine, dit Fyodor.
— Et moi depuis vingt-cinq ans, répliqua Nikodime.
Ils étaient seuls au réfectoire.
— Je ne voulais pas perturber l'enthousiasme des frères, reprit Fyodor. Ils ont l'air si heureux... Mais soustraire des icônes aux églises et à leurs fidèles... N'est-ce pas commettre un péché ?
Nikodime le fixa du regard :
— Si tu laisses l'icône là où elle se trouve, es-tu sûr que demain elle existera encore ? De toutes nos églises, ils n'ont laissé qu'une poignée. Qui te dit que demain ils ne finiront pas le massacre ? Devons-nous laisser faire le hasard ou saisir le peu de liberté qui nous reste ?

Les deux hommes restèrent quelques instants sans rien se dire, les yeux dans les yeux. Leurs visages se touchaient presque.
— L'homme sera toujours dans le péché, reprit Nikodime. Toujours.
Il laissa passer un silence, puis chuchota :
— Il ne peut que choisir le moindre mal.

30

Mercredi 17 novembre 1937

Chaque jour, deux frères partaient en éclaireurs. Leur nombre avait été imposé par Nikodime. A deux, ils pouvaient se donner une contenance. A trois, ils auraient suscité la méfiance. Quant à y aller seul, comme Piotr l'avait fait une fois, Nikodime décréta qu'il n'en était plus question.

Piotr insista pour faire partie des expéditions, et suggéra que Fyodor ou Evghéni l'accompagnent. « Pas tous les jours », s'était exclamé Fyodor, « mes jambes ont décidé de vieillir plus vite que moi ! » Ainsi, les reconnaissances furent confiées à Piotr, et celui-ci aurait pour compagnon Fyodor ou Evghéni, en alternance. « Un temps pour Fyodor, un temps pour moi ! », avait plaisanté Evghéni. « La couverture idéale, c'est un vieux et un boiteux », avait ajouté Fyodor.

Le lendemain matin, Piotr et lui étaient allés repérer l'une des églises indiquées par la vieille femme, celle de Saint-Job, dans le cimetière de Volkovo. Entre deux chapelles, le regard d'Evghéni tomba sur une *Sainte face du Christ*. L'endroit où elle était accrochée ne correspondait pas à son rang, et Evghéni se dit que le prêtre l'avait ainsi placée pour la protéger, en cas de saccage.

Peinte sur un fond de draperies, l'icône usait d'un somptueux jeu d'ombres et dégageait une tendresse très humaine, presque charnelle. Le regard du Christ exprimait la bienveillance. « Tout ce que je peux faire pour toi, je le ferai », disaient ses yeux. « Et lorsque nous aurons tout perdu, il nous restera la fraternité. »

Le soir même, Piotr repartait, accompagné cette fois de Iossif et de Serghey.

Deux jours plus tard, les mêmes s'étaient rendus à la cathédrale Knjaz-Vladimirsky, une autre des adresses de la vieille. Ils en avaient ramené un *pokrov*[1] en satin couvert de pierres précieuses et brodé de fils d'or, qui représentait saint Serge en habit monastique. Il portait la bure, le manteau et le scapulaire orné de la croix du calvaire. Sa main gauche tenait un rouleau, et des doigts de sa main droite, il donnait la bénédiction. Des scènes brodées d'or décrivaient la vie du saint et donnaient au tout une extraordinaire délicatesse.

Ce même jour, au petit matin, Guénnadi et Nikolaï étaient allés fouiller le grenier calciné du monastère de Saint-Eulage. Ils en étaient revenus avec deux icônes de taille moyenne, très simples mais touchantes de sincérité et de dépouillement. L'une représentait une *Dormition* et l'autre une *Vierge au Buisson Ardent*.

Au dîner du lendemain, après les grâces, Nikodime s'adressa aux frères :

– Chaque pièce sacrée soustraite aux mains des bolchéviques est une pierre de notre Eglise.

Il s'arrêta, regarda les frères dans les yeux, l'un après l'autre, puis ajouta :

– Dieu vous bénisse.

---

1. Voile.

31

Lundi 22 novembre 1937

Piotr avait ramassé le journal à la gare de Moscou, où avec Fyodor ils avaient trouvé refuge, pris par la pluie. Ils étaient assis sur un banc lorsque le regard de Piotr tomba sur une Pravda piétinée qui traînait au sol. Il avait cru s'évanouir.

Vols de biens publics

Dans un esprit de bienveillance, notre Parti a gardé quelques églises ouvertes. Pour quel résultat ? Une bande de criminels profite de notre tolérance dans le seul but de s'enrichir...

L'article faisait état de vols commis au cours des derniers jours dans des lieux de culte. En encarté et en italiques, le rédacteur en chef signait lui-même un billet, intitulé *Les affameurs du peuple*.

A son retour aux cabanons, il avait remis le journal à Nikodime.

Celui-ci fit à haute voix la lecture de l'éditorial :

Qui sont ces bandits ? Des gens d'église ? Des acrobates ? Car il fallait être sacrément habile pour aller décrocher les œuvres dans les hauteurs où elles se trouvaient. Et de nuit, pour le surplus. Cela montre qu'entre prêtres et saltimbanques, il n'y a guère de différence. Et s'il fallait une preuve supplémentaire que l'église et ses dévots hypocrites ont comme principe le mépris du peuple et l'esprit de lucre, la voici.

Preuve superflue, bien sûr ! Avec l'église, nous savons depuis longtemps à qui nous avons affaire. D'institution manipulatrice et capitaliste, elle s'est transformée en organisation souterraine, fielleuse et sans dignité. Voilà qu'elle vole les biens du peuple, dont elle prétendait, il y a peu, avoir la garde sacrée.

La police est certaine d'avoir repéré les voleurs. Des arrestations sont imminentes, grâce à de nombreux témoignages de personnes dignes de confiance sur lesquelles il est rassurant de pouvoir compter.

Le devoir de notre Parti, nous le suggérons ici, est de fermer jusqu'à la dernière des églises et de punir ceux d'entre nous qui n'ont qu'un souhait : saboter l'effort collectif.

Nikodime s'arrêta de lire et balaya les frères du regard :

– Alors ?
– On continue ! s'écria Iossif.

Il y eut un silence.

– C'est dangereux, fit Nikodime.
– Très ! renchérit Guénnadi, l'air terrifié.
– Iossif a raison, reprit Nikodime.
– Bravo ! s'exclama Iossif.
– Bravo ! dirent en chœur tous les autres frères, à l'exception de Guénnadi.

Nikodime le regarda :

– Notre tâche est sacrée. Elle vaut donc tous les sacrifices.

Guénnadi baissa les yeux.

– Mais attention, reprit Nikodime. Ils vont surveiller les églises de près. Laissons passer quelques jours, nous en profiterons pour faire des repérages.

32

Mercredi 24 novembre 1937

Au fil des jours, la vie à la Petite Jérusalem se transformait.

L'article de la *Pravda* avait renforcé la détermination des frères. Ainsi, leur action était donc importante… Des groupes se constituèrent de façon naturelle, selon les talents de chacun. Evghéni, Fyodor et Piotr poursuivirent leur rôle de guetteurs, chargés de relever la typologie des lieux et les accès à surveiller. Iossif concentra ses efforts sur Serghey, qui était d'une force peu commune, sur Nikolaï, souple et rusé, et enfin sur Anton et Guénnadi, qui « avaient du muscle en sommeil ». Vladislav, aidé de Pavel et d'Aleksandr, s'occupait de restaurer les œuvres récupérées. Il n'avait ni peintures ni produits, mais son savoir-faire était grand, et sous ses doigts, les nettoyages qu'il apportait aux œuvres leur redonnaient vie. Et lorsque Nikodime répétait aux frères : « A chaque œuvre que vous sauvez, c'est notre sainte Eglise que vous reconstruisez », il les regardait d'un air qu'on aurait presque pu prendre pour tendre.

33

Vendredi 26 novembre 1937

Iossif l'avait observé à plusieurs reprises : chaque fois qu'Anton évoquait Novgorod, Nikodime baissait les yeux.

Ce qui inquiétait Iossif n'était pas la paix intérieure de Nikodime. Peu lui importait que Novgorod lui évoque ou non un souvenir douloureux. Son seul souci était de préserver l'ordre nouveau qui régnait à la Petite Jérusalem. Car si Nikodime se retrouvait d'un coup exposé à une ignominie, cet ordre risquait de voler en éclats. Un ordre dont Iossif se sentait le grand maître…

Pour lui, désormais, le temps des yeux baissés était révolu. Fini, les sourires quémandeurs, lorsqu'il savait que ses gencives édentées feraient rire, ou pire encore, qu'elles lui vaudraient un brin de compassion, alors il les montrait quand même, parce qu'un rire ou un brin de compassion étaient bons à prendre, comme une petite douceur au milieu des humiliations. Finies les heures à attraper des truites, à les apprêter et à les fumer contre un merci donné du bout des lèvres…

Maintenant, les frères le regardaient avec respect. Même de ses gencives, il n'avait plus honte ! Les trophées ramenés jour après jour aux cabanons, c'était grâce à lui ! Si les moines avaient retrouvé une dignité, c'était grâce à lui aussi ! De bêtes traquées, ils s'étaient transformés en chasseurs, ils s'étaient redressés, tout cela grâce à lui !

L'entraînement des frères se déroulait à merveille. Serghey l'avait aidé à couper d'un mélèze une bille de quarante livres. Iossif la faisait soulever, d'abord par séries de trois, puis de cinq, puis de dix. Il enseignait aussi les arts de la corde, l'ascension et les descentes en rappel.

Plus que la force, c'était leur capacité de traction que les frères devaient développer. Iossif avait choisi une branche de sapin très solide située à deux mètres du sol, et ils devaient s'y hisser à la force des bras, d'abord une fois, puis trois, cinq, jusqu'à quinze. Ils s'y essayaient à tour de rôle durant toute la journée, autant que la liturgie et les obligations sacrées pouvaient leur en laisser le loisir.

Ces exercices leur apportaient de l'apaisement et de la dignité. Ils donnaient aussi à Iossif l'occasion de les mettre à la peine. Mais il n'abusait pas du petit plaisir qu'il en retirait. La vie lui avait appris à quels retournements de fortune chacun devait s'attendre.

Malgré ces instants de sagesse, ses pensées basculaient sans cesse. C'étaient tantôt celles d'un gredin, tantôt celles d'un homme qui enfin avait le sentiment d'être utile à Dieu, de mériter sa place sur terre. Il retirait de cette situation une autorité nouvelle. Aux repas, c'était désormais lui qui lançait les discussions, interrogeait, répliquait…

Et voilà qu'Anton venait mettre cette harmonie en péril…

– Alors, frère Anton ! lança Iossif, raconte ce qui t'a amené au monastère.

La sagesse aurait voulu, précisément, qu'il ne remue pas le passé. Mais emporté par son goût de puissance, il n'avait pas résisté au plaisir d'interroger le nouveau.

A peine avait-il posé sa question qu'il la regretta. Anton leva le regard en direction de Nikodime. Celui-ci l'observait avec une attention extrême, et Iossif vit les deux hommes rester les yeux dans les yeux. Puis Anton se tourna vers Iossif :

— J'ai pris la robe pour fuir la justice des hommes et m'en remettre à celle de Dieu. C'est le seul motif.

Emporté à nouveau par le plaisir de sentir qu'il avait la main haute, Iossif poursuivit son interrogatoire :

— Est-ce à dire que tu as été l'objet d'une injustice ?

Anton secoua lentement la tête :

— En aucune façon. Mais l'un des miens en est mort, et cela nous a forcés à l'exil.

— Raconte !

— Tu ne vois pas qu'il n'en a pas envie ? lança Vladislav. Cesse de l'importuner !

— Nous partageons tout à la Petite Jérusalem, fit Anton.

Il leva les yeux vers Iossif :

— Il y a eu un meurtre à Novgorod. Une fillette a été étranglée, elle avait quinze ans. Et un garçon a disparu, sans doute tué, lui aussi. C'était un cousin de la fille. Les deux enfants étaient très liés.

— Quel rapport avec toi ? demanda Evghéni. Tu ne les as pas tués, j'imagine…

Anton resta silencieux durant de longues secondes :

— Durant trois semaines, mon père a été soupçonné d'être l'assassin de la fille. Trois semaines, ce n'est pas beaucoup dans une vie. Mais pour mon père, ces vingt et un jours ont pesé trop lourd.

— Que s'est-il passé ?

— Mon père était menuisier. Le jour du meurtre, il terminait la fabrication d'une croix commandée par un moine itinérant. Mon père ne savait rien de lui, si ce n'est son prénom, frère Ioakim. Façonner des croix, ce n'était pas son travail. Ce moine était passé par Novgorod deux fois déjà, je crois qu'il voulait se faire offrir une croix imposante qui devait l'aider dans son activité de prédicateur. Bref... Ce dimanche, frère Ioakim vient voir mon père dans son atelier, accompagné d'un autre moine, un certain frère Isaac avec lequel il parcourait les chemins. Mon père lui remet la croix, et les trois restent à l'atelier jusqu'à tard, à évoquer le Fils et ses bienfaits. L'heure du dîner passe, et au moment de rentrer chez lui, mon père les invite à rester dormir à l'atelier. Ils acceptent, et le lendemain matin partent avant l'aube. Lorsque mon père retourne à l'atelier, vers les sept heures, il n'y a plus trace ni de la croix ni des deux hommes. Une heure plus tard, la police vient l'arrêter. En fin de journée, la veille, un voisin avait découvert le corps d'une jeune fille dans le sous-bois qui longeait la Fedor, juste derrière le remblai de terre où se trouvait le district des menuisiers. A côté de son corps, il y avait des copeaux de mélèze et un gros tournevis. Un témoin avait raconté que la fille venait sans cesse se promener dans le sous-bois. Mon père la connaissait, bien sûr, elle habitait le même quartier.

– Comment s'est-il sorti d'affaire ? demanda Iossif.

– Trois semaines plus tard, les deux frères sont revenus à l'atelier. La barre du bas s'était détachée de la croix, et il fallait la remplacer. Ils ont trouvé le cabanon fermé et sont venus à la maison chercher mon père. Ma mère s'est mise à hurler et les a conduits au poste de police où leur témoignage a pesé de tout son poids. A l'époque, les gens d'église étaient respectés... Grâce à eux, mon père a été libéré.

– On a trouvé le coupable ?

– A la maison, on n'en a plus parlé. Pas une seule

fois. Je crois bien que durant les quelques mois qui ont suivi le meurtre de la jeune fille, la police n'a trouvé personne. Et mon père n'a pas réussi à reprendre le dessus. Les trois semaines de prison l'avaient détruit. A sa sortie, le regard des gens n'était plus le même. Un soir, quatre mois après l'assassinat de la jeune fille, il a disparu. On a retrouvé son corps trois jours plus tard, sur une berge de la Volkhov. Voilà. Si à quatorze ans, j'ai choisi la vie monastique, c'était pour m'en remettre à Dieu. La justice des hommes n'existe pas.

Il y eut un long silence.

– Chantons un psaume, frère Nikodime, proposa Guénnadi.

– Chantons le 140, fit Iossif.

Ils le chantèrent avec ferveur. Durant le psaume, à plusieurs reprises, Iossif observa Nikodime, puis Anton, puis à nouveau Nikodime. Tous deux avaient dans le regard une expression de défaite.

– Frère Nikodime, lança Iossif, à peine le psaume terminé, ces paroles que nous venons de chanter, *Que ma prière soit exaucée*... Elles me font penser à l'icône du Grec. Tu sais qu'il y en a six autres.....

Nikodime le regarda sans comprendre où il voulait en venir.

– Ne crois-tu pas que nous devrions les sauver ?

– Sans doute, fit Nikodime, sans doute...

– Mais il faut que nous y allions à plusieurs. Vladislav connaît les lieux. C'est l'accès qui est difficile... Il y a trois murs à escalader... Je pourrais y aller avec Anton et Guénnadi, qui sont vigoureux, et Nikolaï, qui est très agile...

– Prends qui tu veux, laissa tomber Nikodime.

34

Samedi 27 novembre 1937

A quelques pas du sommet, il tomba durement. Son tronc lui échappa et glissa sur une dizaine de mètres. Il descendit le chercher et le saisit, mais il lui échappa encore. Les larmes lui montèrent aux yeux. Il réussit enfin à le caler sur l'épaule, acheva son ascension et redescendit aussi vite qu'il put. Arrivé au bas du sentier, il saisit son tronc à pleines mains, le jeta de toutes ses forces dans un bosquet, et prit le chemin de l'abri.

Irina était là.

– Va-t-en ! Va aux enfers et grille !

Elle se mit à pleurer en silence.

Il s'approcha d'elle, lui saisit les épaules de ses mains immenses et se mit à la secouer si fort qu'elle n'eut pas même la force de dire un mot.

– Tu entends !

Il cessa de la secouer et constata qu'elle s'était évanouie.

Alors il la laissa s'écrouler et s'enfuit.

35

Samedi 27 novembre 1937

Il n'y avait aucun mouvement dans les cabanons. Il retint sa respiration, perçut un murmure et fit quelques pas en direction de Jéricho. Ils étaient là, tous debout, le regard au sol.

Il entra et s'adressa à Iossif :

– Que se passe-t-il ?

Iossif leva les yeux sur lui, sans dire un mot.

Il n'en pouvait plus, de ce Iossif, des moines, et du reste de la terre.

– Tu as les icônes ?

Iossif indiqua du menton un sac posé à terre :

– Elles sont là, toutes les six.

– Et tu les caches ?

Nikodime chercha le regard des autres moines. Ils semblaient tétanisés.

– Parlez ! Vous avez perdu votre langue ?

– Pardonne-nous, fit Iossif. Il y a eu un malheur…

– Quel malheur ? Parle !

– On a trouvé les icônes, là où disait Vladislav. Mais au moment de redescendre le mur d'enceinte…

– Anton a lâché la main de Iossif, fit Guénnadi. Il ne s'était pas assuré à la corde de rappel.

Iossif lui jeta un mauvais regard.

– Il est tombé et il est mort, reprit Guénnadi.

— Je n'y suis pour rien, fit Iossif. Sa main a glissé sur la mienne.

— Il est tombé côté intérieur, ajouta Guénnadi. On n'a pas pu le ramener.

Un éclair de bien-être traversa Nikodime.

Il n'était qu'un monstre. Une bête sauvage, incapable de vivre autrement que dans la violence et le péché.

Iossif l'observait d'un air énigmatique.

— Hors d'ici ! lui cria Nikodime.

Il regarda les autres :

— Partez tous ! Que je ne vous voie plus jamais !

Il s'approcha d'Igor, le saisit par un bras et le traîna hors du cabanon. Il recommença avec Vladislav, puis avec Pavel, qui malgré son âge, résista au moment où Nikodime lui saisit le bras. Il se retrouva soulevé et jeté à travers le seuil de la porte.

A cet instant, Nikolaï et Serghey se précipitèrent hors du cabanon. Il ne restait plus que Guénnadi, Piotr et Aleksandr.

Nikodime se tourna vers eux :

— Et vous aussi, déguerpissez ! Que je ne vous voie plus ! Jamais ! Et il n'y a jamais eu de confrérie ! Vous entendez ? Ici, tout va brûler ! Tout ! Les reliques, les icônes, les antimension, tout !

Ils quittèrent le cabanon en courant.

Nikodime alla chercher deux grands sacs de toile, y mit tous les objets que les moines avaient récoltés à l'exception de l'icône du Grec, qui était accrochée dans le réfectoire et qu'il fourra dans le sac qui contenait les six icônes.

Puis il chargea les trois sacs sur son dos et quitta le cabanon.

36

Samedi 27 novembre 1937

– Lève-toi.
Etendue face contre terre, Irina ne bougea pas.
– Lève-toi. Tu vas m'aider.
Il posa ses trois sacs au sol, saisit Irina à la taille de ses deux mains et la tint debout contre lui. Elle entoura Nikodime de ses bras, perçut son érection et s'éloigna brusquement de lui. Ils restèrent ainsi quelques secondes, le souffle court, à se regarder.
– Tu vas m'aider, dit Nikodime.
– Demande-moi ce que tu voudras et je le ferai, répondit Irina.
Il ouvrit la trappe et descendit dans la cache :
– Passe-moi les sacs.
Il recouvrit chacun de paille, et s'extirpa du trou.
– On isole et on camoufle.
Ils remirent en place les pierres de la crypte, recouvrirent la trappe de pierres plates sur lesquelles ils disposèrent plusieurs couches de feuilles, de branches et de brindilles. Puis ils ajoutèrent quelques ronces. En l'espace de quelques semaines, la cache serait indétectable.
A nouveau ils se regardèrent en silence.
– On va tout brûler, fit Nikodime.
– Brûler quoi ?
– La Petite Jérusalem. Viens.

Il lui tourna le dos et prit le chemin des cabanons d'un pas si pressé qu'elle dut courir pour le suivre.

Arrivé à la Petite Jérusalem, il s'arrêta brusquement et durant deux ou trois minutes regarda les cabanons en silence.

Il se souvint qu'il n'avait remis le cahier à personne.

– Reste là !

Il alla chercher le cahier dans son cercueil, s'accroupit et fit un croquis du lieu de la cache. Il indiqua la route de Pongarevo, le cimetière en lisière de la forêt, les cerisiers en contrebas et les noms gravés à l'entrée de la petite chapelle.

Lorsqu'il eut terminé le croquis, il leva les yeux et vit Irina debout sur le seuil du cabanon.

Il lui tendit le cahier :

– Garde-le.
– Qu'est-ce que c'est ?
– Ce que j'ai de plus précieux. Tu sais lire ?

Elle fit oui de la tête.

– Tu le liras plus tard.

Elle fourra le cahier dans la grande poche de sa robe.

– Tu vas transporter les planches et les rondins à Bethléem. Après quoi on va tout brûler. Mon cercueil, les cabanons et le reste.

A nouveau ils restèrent muets, les yeux dans les yeux.

– On y va, fit Nikodime.

Il se rendit à Jéricho, saisit la hache, et commença de démolir le cabanon. Au fur et à mesure qu'il détachait les rondins de leurs empochements, Irina les transportait à Bethléem.

La destruction du cabanon lui prit une heure.

Il s'attaqua ensuite à celui des latrines, puis au suivant encore, et ainsi de suite jusqu'à ce que tous soient détruits.

Lorsqu'il eut terminé, il déposa un amas de brindilles à l'entrée de Bethléem et y mit le feu.

– Maintenant, il faut partir.

Elle resta immobile.

– Pars ! lança Nikodime. Pars !

– Prends-moi et je pars, fit Irina, les yeux dans les siens.

Il ne répondit pas.

– Prends-moi et je pars, répéta Irina.

Il continua de rester muet, les yeux partout sur elle.

Elle s'approcha de lui, l'embrassa sur la bouche, très vite, puis, voyant qu'il se laissait faire, l'embrassa avec autant de douceur qu'elle put y mettre.

Après quoi elle se détacha de lui, releva sa robe, ôta sa longue culotte de paysanne, et s'étendit. Elle avait les yeux embués :

– Viens !

Il resta debout, le cœur battant, à la regarder.

Puis il se défit entièrement, s'étendit sur Irina, la pénétra d'un coup et se déversa en elle.

37

Dimanche 28 novembre 1937

Avenue Litieyny[1], il s'était attendu à voir un milicien vulgaire et lourd. L'homme qu'il avait devant lui ressemblait à un petit novice déguisé en policier.

– Je viens me dénoncer.

– Te dénoncer de quoi ?

Le milicien alla chercher un formulaire, le posa sur le comptoir et leva les yeux sur Nikodime :

– Alors ?

– Des vols, fit Nikodime. Je viens pour les vols.

– On vole chaque jour la moitié de la ville, répliqua le policier. Il faut que tu y mettes du tien. Ton nom…

Le regard sur le formulaire, le jeune homme s'apprêtait déjà à noter.

– Les vols d'objets sacrés, fit Nikodime. Ceux dont parlent les journaux.

Le policier leva lentement la tête :

– Tu veux dire : les icônes, les vols à Saint-Isaac, à Kazan… Ceux-là ?

– Ceux-là même, fit Nikodime. Et d'autres encore.

– Ne bouge pas, fit le policier.

Il se retourna et cria :

– Sergent !

---

1. Siège du NKVD.

Un homme d'une quarantaine d'années apparut. Celui-là était trop gros pour son uniforme et mal rasé.

– Qu'est-ce qu'il nous veut ? demanda-t-il au jeune policier.

– Il se prétend l'auteur des vols dont parle la presse.

– Tiens donc !

Il se tourna vers Nikodime :

– Tu veux nous offrir de l'avancement ? C'est bien. Et tu as commis ces vols tout seul ?

– Nous étions deux. L'autre est mort. Vous le trouverez à Toksovo, au monastère de Saint-Michel l'Archange, au pied du mur d'enceinte. Il a glissé et s'est tué. Nous n'étions que lui et moi.

– Et tu viens gentiment te dénoncer... C'est parfait ! Je te remercie... Donne-moi ton nom.

– Nikodime Andreïevitch Kirilenko.

– Et tu habites à ?

– Dans la forêt, au pied de la carrière d'argile, près de Pongarevo.

– Excellent, fit le policier, vraiment excellent... Et ton butin ? Tu ne nous l'as pas amené ? Bien emballé et tout ?

– Je l'ai brûlé, fit Nikodime. Vous pouvez aller sur place. Vous verrez que j'ai tout brûlé.

– J'espère pour toi que tu ne nous fais pas perdre notre temps.

Il regarda Nikodime d'un air menaçant :

– Tu dis avoir commis des vols. Tu n'as pas été attrapé. Tu as brûlé ton butin... Et tu viens te dénoncer ? Avoue que ça paraît étrange...

Il soutint le regard du policier :

– Je suis moine. Les vôtres pillent nos églises. J'ai préféré brûler le butin plutôt que de vous offrir le plaisir de le faire.

- On va chercher le mort, plutôt. Parce qu'il y aurait un mort, si j'ai bien compris ?

Nikodime ne répondit pas.

Le policier le regarda, l'air incrédule :

- Tu ne sais pas ce qui t'attend...

– II –
Mai 2000

1

Samedi 6 mai 2000

L'affiche titrait en grosses lettres rouges :

Les plus belles femmes du monde

En dessous, on pouvait lire :

Sous l'œil tendre et cruel de Mathias Marceau

Agglutinées à l'entrée de la galerie, une demi-douzaine de personnes commentait l'affiche :
– Cette maîtrise ..
– La sensibilité, surtout…
– Oui, la sensibilité…
– C'est elle qui transcende la maîtrise…
Une jeune femme se détacha du groupe. Elle semblait chercher quelqu'un. D'un coup, son visage s'éclaira :
– Mathias !
Un homme se retourna, grand et mince, au visage osseux. Ses cheveux poivre et sel étaient ramenés vers l'arrière, à l'ancienne. Il avait de l'allure. Mais son regard exprimait une sorte d'absence :
– Regina !
Il l'embrassa sur une joue, sourit à l'homme qui l'accompagnait et lui tendit la main. « Banquier d'affaires »,

lui avait dit Regina, « il travaille entre Paris, Londres et New York, tu vois le genre… »

– Greg Parsons. Enchanté. Et bravo !

– Mathias est un génie ! lança Regina.

Elle poussa son compagnon devant elle, se retourna, et envoya à Mathias un baiser du bout des lèvres.

Au même moment, une femme sortit en trombe de la galerie, repéra Mathias et s'approcha de lui d'un pas pressé :

– Qu'est-ce que tu fabriques ?

C'était Helen, son agente.

– On y va, fit Mathias.

Il la suivit en direction de la galerie. Mais au moment où il passa devant l'affiche, il s'arrêta et l'observa. Regina y était photographiée de dos, en robe du soir, et se retournait dans un effet de surprise feinte.

– Martha est là ! chuchota Helen. Elle t'attend !

Les yeux sur l'affiche, il secoua lentement la tête. Au même moment, son portable se mit à vibrer.

– Elle est très bien, ton affiche ! lança Helen. Dépêche-toi !

– Tu permets ?

C'était un texto de Dol, qu'il lut d'un air agacé :

Aurai du retard. Mon Monsieur veut prolonger d'une demi-heure. Trop mignon… T'embrasse.

Un M. Delbarre, ORL à Neuilly. Dol en parlait sans cesse avec une tendresse niaise. « Le type même du monsieur à l'ancienne, tu vois. Soigné, parfumé, tout, quoi ! » L'homme était veuf, « soixante-quinze ans, par là autour, mais en pleine forme ! Il faut le voir danser ! ».

Il eut une expression agacée.

– Chéri ! lança une femme très jeune.

Elle parlait avec un fort accent de l'Est et roulait les « r » :

– Sacha est venue ! Sacha t'admire ! Sacha t'aime !

Mathias lui répondit d'un sourire gêné.

Elle lui fit une grimace d'enfant : « Prochaine fois, Sacha sur l'affiche ! » Puis elle colla sa bouche sur celle de Mathias et disparut à l'intérieur de la galerie.

Helen le regardait, l'œil noir :

– C'est bondé ! Tes photos s'arrachent ! Tout le monde t'attend ! Et monsieur fait le beau...

Il resta immobile, l'air tendu :

– Jason ?

– Pas encore là.

Leur dernière rencontre remontait à trois ans. C'était là même, à la galerie Matignon. Jason y avait présenté son album intitulé *Frontière,* cent vingt photos qui racontaient la vie des immigrés mexicains aux Etats-Unis.

– Maintenant tu viens ! lança Helen.

A l'intérieur de la galerie, les photos étaient disposées en symétrie parfaite par colonnes de deux, dans une rigueur qui tranchait avec la frivolité des sujets.

– Le-voi-là !

C'était Martha van Buren, la correspondante du *New York Times*. Sa remarque, lancée à très haute voix, déclencha une salve d'applaudissements.

– Ma-gni-fique ! reprit Martha. Tu donnes à tes modèles un sentiment de fragilité si tendre... Et si cruel...

Elle ajouta : « L'affiche a raison ! », puis se tourna vers les autres invités et lança :

– N'est-ce pas ?

A nouveau, les gens se mirent à applaudir.

Mathias leur sourit comme il l'avait fait à Sacha. Ses

photos n'avaient ni cruauté ni tendresse. Elles étaient construites de toutes pièces. Prises dans un salon, sur un quai de métro ou en atelier de carrosserie, elles décrivaient un monde où l'humanité moyenne n'avait pas sa place. L'une d'elles montrait une femme étendue sur une table basse, vêtue d'une robe noire dont le haut, fait de tulle et de dentelle, laissait entrevoir sa poitrine. Au-dessus d'elle se penchait un homme aux lèvres très rouges. Il portait un manteau d'astrakan et des bottes de cuir lisse. En arrière-plan, un canapé de velours cramoisi était recouvert de fourrures et de coussins de soie rouge.

La photo était d'un raffinement extrême, comme les autres. Pourtant, chacune contenait une trace de vulgarité. Là, c'était les lèvres rouges de l'homme. Sur une autre, une jeune femme habillée d'un smoking regardait la caméra bouche ouverte, d'un air équivoque. Sur une autre encore, la même jeune femme avait la main gauche sur la ceinture d'un homme, les doigts glissés à l'intérieur du pantalon.

– Mathias, quelle merveille !

C'était Lucie Malatrex, la chroniqueuse de *Match* :

– Tu nous mets toujours à deux doigts de nos fantasmes !

A nouveau le téléphone de Mathias vibra :

– Tu me pardonnes ?

C'était un texto de Paul, son éditeur :

Vraiment, je n'arrive pas. On mène une vie d'idiots... Béatrice va passer t'embrasser.
Tout à toi,
Paul

Il n'en avait rien à faire, de Béatrice.
Helen le tira par la manche :

– Jason est là.
– Où ?
– Là, quelque part. Tu as eu Paul, pour la mise en place ?

Il fit non de la tête.

– Quatorze mille cinq cents. Ça part très fort.

Elle l'irritait avec ses tirages.

Il se faufila entre plusieurs groupes d'invités et enfin trouva Jason. Il était devant une série de huit photos qui avait pour thème « Le temps d'aimer » et montrait des femmes dénudées aux avant-bras couverts de montres. Le regard de Jason passait très vite d'un cliché à l'autre. Derrière lui, une demi-douzaine de personnes l'observaient en silence, dans l'attente d'une réaction.

Jason se retourna, vit Mathias et lui tendit les deux mains :

– Te voilà !

C'était un homme de petite taille, au crâne rasé. Il avait des lèvres minces, un nez court, et portait des lunettes à monture noire très épaisse.

Jason Melikian avait appris la photo à « PBSP University », comme il appelait la Pelican Bay State Prison. Il y était resté douze ans, pour « mériter ses quatre diplômes » : coups et blessures, trafic de drogue, extorsion, et braquage à main armée. Il en était ressorti avec un vieux Konica acheté au magasin de la prison et payé dollar après dollar par le travail carcéral.

A sa sortie, il avait travaillé au *Second Chance,* un bar de Crescent City, sur Embarcadero Road, dont le patron était un ancien de PBSB. Durant deux années, il avait envoyé ses photos aux magazines de la région et s'était peu à peu construit une réputation. Il photographiait ce qu'il connaissait : la violence, la misère et le désarroi.

Un jour, le *San Francisco Chronicle* lui commanda un reportage sur les mineurs délinquants, pour son supplément du week-end. Jason prit congé du *Second Chance* durant trois semaines et les passa jour et nuit entre le quartier de North Beach et celui de South of Market.

Lorsqu'il remit ses photos au responsable de l'édition, celui-ci obtint de son rédacteur en chef l'autorisation d'y consacrer quatre pages au lieu d'une, tant les photos étaient exceptionnelles de violence et d'humanité. L'une d'elles fut choisie pour passer à la une du supplément, sur toute la page. Elle montrait une fillette afro-asiatique d'à peine douze ans, en tenue de prostituée, dont le visage exprimait une ironie mêlée de mépris. Trois mois plus tard, la photo allait obtenir le « National Photographic Award ». Depuis, les albums de Jason Melikian et ses expositions faisaient l'événement.

Mathias prit les mains de Jason dans les siennes et sourit. Elles étaient chacune tatouée au dos d'une forme géométrique, la gauche d'une étoile à cinq pointes et la droite d'un damier noir et blanc en forme de cercle.

– Je ne fais que passer, fit Jason en retirant ses mains.

– Quel effet ça vous fait de recevoir la visite d'un des plus grands ? lança Martha.

Mathias resta silencieux.

– Bonne chance pour la suite, fit Jason.

Il serra Mathias un court instant dans ses bras et se dirigea vers la sortie.

Au moment où il s'approcha de la porte, une hôtesse lui tendit l'un des albums posés sur la table, mais il n'y prêta pas attention.

– Lucie voudrait t'interviewer.

Mathias ne répondit pas. Il était défait. Il aurait dû dire à l'agence de ne pas inviter Jason.

– Elle en a pour trois minutes ! fit Helen.

Il pensa à son père et regretta qu'il ne soit pas venu. Il l'avait appelé la veille au soir.

— Tu me vois débarquer en salopette, avec mes grosses mains pleines de doigts et un crayon de menuisier qui dépasse de la poche ?

Les grosses mains pleines de doigts, c'était un jeu de mots comme André les aimait, gentil et un peu lourd. Il aurait pu en faire d'autres, plus fins. Mais il ne voulait pas se montrer sous un jour qui ne correspondait pas à sa condition.

Depuis qu'il avait dix ou douze ans, Mathias partait dans un rire forcé chaque fois que son père faisait un jeu de mots. Il savait combien sa réaction lui faisait plaisir, et la joie qu'il éprouvait lui-même à voir son père heureux le rassurait. André n'était pas dupe, bien sûr. Lui aussi faisait un peu semblant, et dans ce double jeu, chacun trouvait son compte.

Mathias sentit une main lui effleurer l'épaule. C'était Lucie Malatrex.

— Tu es content ?

Il haussa les épaules et sourit :

— On verra à l'autopsie.

— Le précédent avait bien marché.

— C'était il y a longtemps…

Neuf ans plus tôt, il avait publié *Mères du Sud*, des photos de femmes et d'enfants prises sur plusieurs années en Méditerranée, en Amérique du Sud et en Afrique.

— Il y aura des co-pro ?

Il y en avait eu sept pour *Mères du Sud* : Angleterre, USA, Allemagne, Suède…

— Je crois qu'on est à huit.

— Je ferai un papier. Je te laisse !

Maintenant, la galerie était si pleine qu'une quinzaine de personnes s'étaient déplacées avec leur verre de champagne sur le trottoir, dans la contre-allée.

– Mille bravos !

C'était Regina qui partait :

– On s'appelle, n'est-ce pas ?

Elle lui sourit, l'embrassa encore sur la joue et lui pressa l'avant-bras, en complice.

Mais ils n'étaient complices de rien du tout. Ils étaient amants occasionnels, et chacun s'ennuyait à mourir lorsqu'il était avec l'autre.

Helen s'approcha de lui, à nouveau impatiente :

– Dol veut que tu l'appelles.

– Elle vient ?

– Je ne crois pas.

– Elle t'a appelée ?

– Oui.

– Pour te dire que je dois l'appeler ?

– S'il te plaît, fit Helen. Viens.

Elle se dirigea vers une porte située au fond de la galerie, marquée « Bureau ».

– Je te laisse.

Il la regarda quitter la pièce, appela sa femme et lui laissa à peine le temps de décrocher :

– Tu me déranges…

– Ne te fâche pas. S'il te plaît.

– Si c'est ton ORL qui veut encore danser…

– Gilbert a appelé. Ton père a eu un malaise.

– Et ?

– Il s'est écroulé. A l'atelier.

– La suite.

– C'est fini, Mathias. Il est parti.

Il eut un vertige et s'assit.

Il avait imaginé l'annonce cent fois. « Je dois vous informer que votre père est mort. » « Votre père vient de nous quitter. » « J'ai le regret... » Et ainsi de suite.

Quelle est la différence entre une chemise de six semaines et la tour Eiffel ? Il était resté bouche bée, les yeux dans ceux de son père. « La première est sale au col », avait repris celui-ci, « et la seconde est... ? Est... ? » « Colossale ! » s'était écrié Mathias, les yeux brillants. « Elle est colossale ! »

Une autre fois, ils étaient assis dans le métro lorsqu'une bonne sœur prit place face à eux. Son père avait approché son visage et chuchoté : « Je parie qu'elle est folle de la messe. » Mathias s'était tourné vers lui, l'air interrogatif. Son père lui avait chuchoté : « Molle de... ? molle de... ? », et d'un coup Mathias avait éclaté de rire. Son père s'était mis à rire, lui aussi. La bonne sœur leur avait lancé : « C'est sympathique de voir un père et son fils qui s'entendent si bien », et ils étaient partis dans un fou rire qui avait bien duré cinq minutes.

2

Samedi 6 mai 2000

— Mon père est mort... André Marceau...
Le préposé de l'hôpital Saint-Antoine consulta une liste et hocha la tête. Le funérarium était situé à l'arrière de l'hôpital. Il devait prendre par la rue de Chaligny, aller au 23, sonner sur « Visites »...

Il fit le tour du pâté en tremblant. Dans le hall d'entrée du funérarium, il trouva Gilbert et se jeta dans ses bras.

Lorsqu'ils se détachèrent, Gilbert tourna son regard en direction d'une porte sur laquelle on pouvait lire :

Salon des Reconnaissances

— Ton père est là.
Mathias regarda Gilbert s'éloigner et resta immobile quelques instants, le regard sur le panneau. Puis il poussa la porte. Au milieu de la pièce, une civière portait le corps de son père. On l'avait habillé d'une casaque bleue, et le drap qui le recouvrait jusqu'à la taille était jaune criard.

Mathias resta une longue minute les yeux sur le visage de son père. Puis il regarda ses mains. C'est vrai qu'elles étaient épaisses. Larges aussi. Et grandes. Alphonse, le père d'André, était immense, alors on disait qu'André avait tout pris d'Irène, fine et menue, sauf les mains.

Elles portaient des traces de couleurs. Du rouge, du vert et du blanc.

Il sourit, embrassa son père sur le front et lui caressa la joue d'un geste furtif.

Entre silences et jeux de mots, ils avaient formé une sorte de couple attentionné.

Quelqu'un ouvrit la porte avec précaution. C'était Gilbert :

— Dol arrive.

Mathias caressa la main gauche de son père, puis regarda Gilbert :

— Tu restes un peu ?
— J'ai à te parler.

A l'entrée, ils trouvèrent Dol en sanglots. Mathias la prit dans ses bras et lui caressa la tête durant près d'une minute. Puis elle se détacha de lui, s'essuya les yeux et se tourna vers Gilbert :

— Que s'est-il passé ?
— Il était dans son atelier. Il s'en était aménagé un pour lui tout seul (il sourit), je vous raconterai plus tard... Et puis j'entends un bruit. Il est au sol, immobile, les yeux ouverts. Je le secoue un peu... Rien à faire. J'appelle le SAMU, ils viennent très vite, ils font ce qu'ils peuvent pendant une demi-heure... Après, ils l'ont amené ici. Enfin, à côté...
— Merci, fit Mathias.

Gilbert eut un geste des épaules :

— Le matin, il était tout joyeux, il m'a dit : « Quelques touches de vernis et c'est bon. » Il mettait la dernière main à un bonheur du jour, un petit meuble qu'il construisait pour toi. Une heure plus tard, il me demande d'aller prendre un café. On va au *Tourne-Vice*, à côté, on bavarde. Il était content... A midi, il me dit « Je fais un saut à la maison ». A deux heures il revient s'occuper du meuble, je le voyais faire coulisser les tiroirs, il était à son affaire. Vers quatre heures, il dit : « Voilà, maintenant, il est prêt. » Il semblait heureux comme un pape. Et à six heures, il tombe. D'un coup.

Gilbert fondit en larmes et leur tourna le dos. Il y eut un silence.

– Pour les funérailles ?

Dol s'était adressée à Mathias.

Gilbert se retourna vers eux :

– Il faut que je vous dise...

Il avait l'air emprunté :

– J'espère que cela ne va pas vous blesser...

– De quoi parles-tu ? demanda Dol.

Gilbert eut un geste des épaules, comme pour dire « Ne faites pas trop attention ».

– André a fait de moi son exécuteur testamentaire.

– Mon père t'adorait, fit Mathias.

– C'était pour ne pas vous encombrer, reprit Gilbert. Malgré tout, il faudra que tu viennes à l'atelier, il y a des choses que je dois te montrer. Rien d'urgent.

– Bien sûr, fit Mathias, je viendrai.

– Et pour les funérailles ? relança Dol.

– Justement...

A nouveau il haussa les épaules :

– Il a demandé le rite orthodoxe...

– Je ne comprends pas.

– Russe orthodoxe.

– Mon père s'est fait russe ?

Gilbert hocha la tête.

– Il faudrait que tu ailles voir le père Georges, à la rue Daru.

Mathias secoua lentement la tête :

– La rue Daru ?

– Là où se trouve Alexandre Nevski... L'église russe orthodoxe...

Mathias continua de secouer la tête :

– Tout cela n'a pas de sens... Et à l'atelier, que vas-tu me montrer ?

– Le bonheur du jour...

Mathias ferma les yeux :

– Pour l'amour du ciel, explique-toi.

– Une sorte de secrétaire, fit Gilbert. Pour ranger, pour écrire. Il l'a fait pour toi. Un petit bijou.

Mathias ressentit une fatigue immense. Qui était son père ? Un homme simple qui moquait ses grosses mains pleines de doigts ? Ou un artiste qui construisait des meubles délicats et s'était converti à la foi orthodoxe ?

– Le bois, reprit Gilbert, c'était sa façon de s'exprimer. (Il sourit.) Il disait toujours : « J'ai la langue de bois. » C'était un type très fin qui voulait passer pour mal dégrossi. Il aimait ça...

Mathias secoua la tête :

– J'ai vu ses mains, tout à l'heure... Elles avaient des traces de peinture.

– Vous ne vous êtes pas beaucoup parlé ces dernières années, reprit Gilbert. Mais il t'adorait, il t'admirait... Et puis il avait ses petits secrets. Il s'en amusait...

– Tout cela me fait peur, fit Dol.

3

Mardi 9 mai 2000

Le visage du jeune homme irradiait l'émotion, mais on ne pouvait dire s'il s'agissait de tristesse ou de joie. Il priait avec ferveur, se prosternait et se signait dans des gestes recherchés qui tranchaient avec son apparence, car il était habillé d'un bleu de travail et avait l'allure d'un fort des Halles.

Mathias le regardait sans comprendre. Avait-il récemment perdu un parent ? Etait-il un ami de son père ? Un artisan du Faubourg, comme lui ? L'église était pleine d'hommes et de femmes qui semblaient très émus. Tous ces gens connaissaient-ils son père ?

L'avant-veille, en début d'après-midi, le métropolite l'avait reçu avec une bienveillance prudente : « Votre père menait une vie de croyant. Vous n'êtiez pas au courant, je crois… » Incapable de dire un mot, Mathias avait fait non de la tête. « Ne lui en tenez pas rigueur », avait repris le prêtre, « ces questions de foi sont intimes… Souvent, on n'ose pas les partager avec ses proches, on ne veut pas les importuner… » Son père devait sûrement avoir une icône qui lui était chère, avait poursuivi le prêtre. Devant l'incompréhension de Mathias, il avait ajouté : « La tradition veut qu'on la mette en cercueil avec lui, posée sur sa poitrine, la face contre son corps. »

Durant le reste de la journée, la perspective de retourner chez son père l'avait terrifié. Il ne s'y était pas rendu depuis cinq ou six ans. Quelles autres découvertes lui mordraient le cœur ? L'idée lui avait traversé l'esprit d'appeler le prêtre et de lui raconter un mensonge : « Figurez-vous que dans tout l'appartement, il n'y avait pas une seule icône. » Il pouvait aussi aller chez un antiquaire et en acheter une. Après tout, son père l'avait exclu d'un grand pan de sa vie. Il avait le droit d'y être indifférent. Mais dans l'instant, il avait eu honte de lui. En plus, c'était idiot. Tôt ou tard, il faudrait bien qu'il aille à l'appartement.

Finalement, il s'y était rendu l'après-midi même, tant il était angoissé.

L'appartement était tapissé d'icônes. Il y en avait dans l'entrée, sur les murs du salon, dans la chambre à coucher, dans le petit corridor, partout. Elles semblaient toutes de la même main.

Il en était reparti très vite, après avoir décroché l'icône que son père avait placée au-dessus de son lit, une *Vierge à l'enfant*. Au coin inférieur droit, il y avait une signature : *ANK*. En quittant l'appartement, il avait remarqué que les mêmes initiales figuraient au bas des autres icônes.

A quoi rimaient leurs jeux de mots ? N'y avait-il eu entre son père et lui qu'une complicité de façade ?

Dans le métro, il avait tenu l'icône serrée contre lui, la face appliquée à son ventre, comme elle serait placée sur le cercueil de son père, et ce contact l'avait inondé de tendresse.

Arrivé rue Sainte-Anne, il avait posé l'icône sur un rayon de la bibliothèque et s'était assis face à elle. Elle était peinte de couleurs vives, des rouges orangés, des roses, des verts, si expressives et gaies qu'on aurait pu les confondre avec les illustrations d'un livre pour enfant.

L'enterrement se déroulait en majesté. Le chœur entama un nouveau chant. Sur la gauche de Mathias, une dame très élégante se prosterna et se signa. Il observa la coupe de son tailleur et un souvenir lui revint. Cinq ou six années plus tôt, son père avait laissé tomber, dans un sourire : « Moi aussi, je m'occupe de mode ! » Mathias n'avait pas compris, et son père lui avait glissé avec dans les yeux un éclair de malice, déjà content de son mot : « A l'atelier, nous avons une nouvelle couseuse. » C'était une machine qui permettait de coller bord à bord des placages de bois qui faisaient moins d'un millimètre d'épaisseur. Il avait ajouté : « Avec Gilbert, on dit qu'on devient des midinettes. »

Un homme âgé semblait chercher son regard. Lorsque enfin leurs yeux se croisèrent, l'homme abaissa les paupières en signe de discret salut. Au même instant, le silence se fit dans la cathédrale et l'un des trois prêtres se plaça au pied du cercueil :

A quoi sert notre passage sur terre, si ce n'est à aimer son prochain ? A l'écouter ? Andreï a su écouter. Et sa contribution au renouveau de notre sainte Russie lui sera reconnue par le Seigneur, à qui nous demandons, dans l'humilité et la prière, de l'accueillir en son sein.

André Marceau s'était transformé en Andreï.

Lorsque la cérémonie prit fin, l'homme âgé s'approcha de Mathias :

– Permettez que je me présente...

Il pencha la tête de côté et chuchota :

– Mon nom est Igor Federenko. J'ai bien connu votre père... Mais aussi votre grand-mère ! Quand elle est arrivée à Paris.

– Ma grand-mère Irène ?

L'homme élégant hocha la tête et poursuivit, toujours à voix basse :

– Je l'ai connue avant Argentan... Mon père était le diacre de Monseigneur Eulage, le métropolite de la rue Daru pendant l'entre-deux-guerres...

Mathias le regarda sans comprendre. Sa grand-mère était venue d'Argentan, elle n'était pas partie pour Argentan.

L'homme sortit de son portefeuille une carte de visite :

– Faites-moi signe... Je voudrais beaucoup vous parler... Rue Bleue... Le 9B est à droite, à peine vous entrez dans la cour...

4

Mardi 9 mai 2000

André avait voulu être enterré au cimetière russe de Sainte-Geneviève-des-Bois, et Mathias avait eu l'impression que les gens étaient venus plus nombreux encore qu'à la rue Daru. Sur le chemin du retour, au moment où ils quittèrent le périphérique, Dol demanda, les yeux sur la route :

– Tu es inquiet ?

Mathias ne répondit pas.

– Tu vas aller voir ce monsieur ?

A nouveau, il resta silencieux.

Rue Sainte-Anne, il alla s'étendre dans la chambre à coucher et ferma la porte. Dol s'assit sur l'un des divans, le regard dans le vague.

Qu'est-ce qui les attendait ? Dix ans plus tôt, dans les mois qui avaient suivi la mort d'Alphonse, leurs vies avaient été bouleversées. D'un coup, Mathias s'était mis à la photo de mode. Il enchaînait les mandats, habitait les palaces et voyageait aux quatre coins du monde. Dol l'écoutait avec inquiétude parler de son ancien métier : « Tu attends au coin d'une rue et tu presses sur un bouton, comme un crétin. Dans la photo de mode, au moins, tu construis, tu imagines, tu crées… »

Leur manière de se parler avait changé. Elle était plus réfléchie. Moins complice. L'année suivante, Dol avait songé à arrêter son travail. Soudain le flamenco lui paraissait trop dur. Trop solitaire. Après dix-huit mois de stage dans une école du faubourg Saint-Antoine, elle avait ajouté à ses cours l'enseignement du tango. La danse était difficile, très engagée, elle nécessitait de l'énergie. Mais elle se dansait en couple. Les élèves de tango étaient différents. Ils cherchaient à se rassurer.

Maintenant, la mort d'André révélait que lui aussi avait transformé sa vie après la mort de son père.

Elle balaya des yeux les photos accrochées aux murs. Elle les avait placées côte à côte par trois, sur trois rangées, les bords séparés de quinze centimètres en hauteur comme en largeur. Entre deux rangées, des rayonnages chargés d'archives prenaient toute la hauteur de la pièce.

Son regard tomba sur une série de 20 × 25 noir et blanc qui montrait des danseurs. Trois photos avaient été prises le jour où ils s'étaient connus. Sur la première, un élève enlaçait la taille de sa partenaire. Tous deux semblaient en position de déséquilibre, et on comprenait, à leurs traits tendus, que l'effort leur coûtait. Ils regardaient en direction de Dol que l'on voyait de dos, les bras en avant, penchée dans un mouvement de contorsion.

La seconde photo la montrait en train de danser avec une dame âgée. Un monsieur, pris de face, suivait la scène avec un sourire gêné.

Sur la troisième, Dol dansait seule, une main posée à plat sur le ventre, l'autre levée, le bras à l'équerre. Les yeux mi-clos, les traits relâchés, elle souriait en direction d'un couple qui l'observait avec admiration et lui souriait en retour.

On sentait, sur chacune, un espoir, une fragilité, une angoisse. C'étaient les photos d'un grand photographe.

Elle soupira et resta une longue minute les yeux au sol. Puis d'un coup elle releva la tête et chercha du regard les photos que Mathias lui avait montrées peu après qu'ils se soient connus. On y voyait André, Gilbert, et d'autres encore, affairés à l'atelier.

Elle se souvint de leur première rencontre. Il était venu chargé comme un mulet :

– Je ne fais que le flamenco.

– C'est pour ça que je viens.

Il avait reçu une commande sur les écoles de danse qui se multipliaient dans le quartier de Saint-Antoine :

– J'en ai déjà fait cinq.

Elle avait ri :

– Alors, le flamenco passe en dernier ?

Le regard fuyant, il avait bafouillé :

– Ma mère était espagnole, j'appréhendais un peu...

– Hablas español ?

Il lui avait raconté. Veronica, sa mère, une Espagnole de première génération, était morte à sa naissance.

– D'où était-elle ? demanda Dol.

– De Castille. Et vous ?

– De Galicie, répondit Dol. Mes deux parents.

Déjà émue par son histoire, Dol avait été bouleversée par les photos que Mathias lui avait montrées des autres écoles. Sur chacune, elle avait senti du rêve, de la gaucherie, du toupet. Soudain elle prenait conscience de la violence des émotions que pouvait déclencher un cours de danse.

Plus tard dans la soirée, après avoir photographié Dol et ses élèves durant trois heures, Mathias avait parlé de son travail. « Pour développer une photo, le produit qu'on utilise s'appelle un révélateur. Photographier, ce n'est rien d'autre. On cherche la vérité. »

Une semaine plus tard, Mathias était revenu lui montrer les clichés. Il en avait développé quinze, qui montraient Dol comme elle n'aurait pas rêvé se voir : intense, soucieuse, rieuse, mais toujours présente et dense, en harmonie avec elle-même.

Il lui avait dit

— En plus, je viens souvent dans le quartier. Mon père travaille au Passage du Chantier, sur Saint-Antoine.

Il avait avec lui des photos de l'atelier, et Dol avait à nouveau été touchée par l'humanité qui se dégageait des scènes où l'on voyait les ébénistes tendus, précis, tout à leur travail.

Elle avait voulu voir l'atelier, « puisque nous sommes voisins », et Mathias l'y avait amenée deux jours plus tard, à l'heure de sa pause. André s'était montré égal à lui-même. Lorsqu'elle l'avait invité à suivre un cours de flamenco, il avait fermé les yeux durant quelques secondes, l'air concentré, et Dol s'était demandé si elle avait réveillé un souvenir de sa femme, mais d'un coup André avait souri et lancé, l'air espiègle : « Mieux vaut un lourdaud qui ne danse pas... (il avait marqué un temps d'arrêt) que le pas de danse d'un lourdaud. » Elle l'avait embrassé sur la joue.

Elle pensa à Pepita et eut les larmes aux yeux. Elle était d'Andalousie. Avec son mari, ils n'avaient pas d'enfant et Pepita s'était cherché une occupation. Elle avait d'abord organisé le catéchisme des tout-petits, mais cela ne suffisait pas à remplir ses journées, alors elle avait loué un dépôt et ouvert une école de flamenco, pour que les filles d'émigrés n'aient pas honte de leur pays. Très vite, des adultes étaient venus à ses cours, d'abord des Espagnoles, puis des femmes du quartier. L'école s'était développée.

Dol l'avait fréquentée depuis sa petite enfance. Pepita disait aux fillettes : « Apprenez bien le flamenco et vous serez toujours des princesses ! » Elle s'occupait aussi des robes et des chaussures, qu'elle faisait venir de Séville et revendait à prix coûtant. Certaines mamans la considéraient comme une sainte.

A sa mort, Dol avait quitté son travail de vendeuse et repris l'école.

Elle repensa à la rue de la Pompe, où ses parents avaient tenu une loge. Lorsqu'ils se retrouvaient avec leurs amis, entre Galiciens, à parler fort et à dire ce qu'ils pensaient de leur travail, des patrons, ou des événements du monde, Dol avait la certitude que c'étaient eux les plus forts, que la loge leur appartenait, que personne ne pouvait les chasser de là où ils étaient.

5

Vendredi 12 mai 2000

— Je ne vous dérange pas ?

C'était Federenko qui lui proposait de venir prendre le thé :

— Cinq heures ? Six heures ? Quand vous voulez.

Mathias s'était entendu répondre : « A cinq heures », et avait à l'instant même regretté sa réaction. Son père était mort, enterré là où il l'avait souhaité, selon le rite qu'il avait choisi, et le temps était venu de tourner la page. Il allait annuler le rendez-vous, après quoi il appellerait Gilbert pour lui dire que l'atelier et son contenu lui revenaient de droit. Ce qu'il lui avait dit à propos du bonheur du jour était sans doute un gentil mensonge pour excuser son père, et il pouvait garder le meuble.

Il passa la journée dans la nervosité, à se dire qu'il allait téléphoner, là, dans les cinq minutes, puis à la demi-heure, et ainsi de suite. Pour finir, il n'appela personne, et à cinq heures moins le quart, il quitta la rue Sainte-Anne.

Il prit par Saint-Augustin, remonta rue Gramont, et se perdit.

Aux feux du boulevard Montmartre, il remarqua un couple qui s'apprêtait à traverser dans le sens opposé. L'homme devait avoir l'âge de son père. Mathias l'observa durant tout le temps que dura l'attente des piétons. Avait-il lui aussi menti à ses enfants ?

Il pensa à la tour Eiffel colossale, à la bonne sœur qui était folle de la messe, à d'autres jeux de mots encore... Le souvenir lui vint d'une photo qu'avait fait Gilbert de lui et son père. Elle datait de l'époque où il avait cinq ou six ans. Ils étaient dans les bras l'un de l'autre et se regardaient dans les yeux en riant aux éclats.

Son père l'avait-il moqué à ce point ?

C'était impossible. Mais il y avait eu tant de choses... L'enterrement, les icônes, le prêtre qui appelait son père Andreï, tous ces gens venus si nombreux jusqu'au cimetière de Sainte-Geneviève-des-Bois... Et maintenant Federenko, qui voulait lui parler de sa grand-mère qu'il avait connue avant Argentan...

Son père l'avait bel et bien moqué. Et Federenko allait lui raconter une banalité. Un vaniteux, qui jouait à l'important, voilà ce qu'il était, Federenko... Il suffisait de voir sa carte de visite... Quant à la conversion de son père, ce n'était sans doute qu'une lubie de vieux.

A mesure qu'il approchait de la rue Bleue, sa nervosité augmentait. Au bas du numéro 9, elle était devenue insupportable, et il se demanda si toute cette émotion méritait d'être ressentie.

Il repensa à la carte de visite, se dit que l'affaire serait vite réglée, et poussa la porte de l'immeuble.

L'une des boîtes aux lettres indiquait :

Igor Federenko
Professeur honoraire de grec ancien
Entrée B
3ᵉ étage

Il laissa passer quelques secondes, puis quitta l'immeuble, fit une vingtaine de pas jusqu'à la rue de Trévise et s'arrêta d'un coup au milieu du trottoir. Il resta ainsi quelques secondes à ne pas savoir quoi faire, puis il soupira et retourna rue Bleue.

— Je suis content que vous soyez venu, lui dit Federenko en l'accueillant. J'avais peur que vous m'ayez pris pour un bavard.

Il le conduisit dans une petite pièce aux murs couverts de photographies anciennes, d'icônes et de livres. Sur une table basse, Mathias remarqua une théière et deux tasses.

D'un geste de la main, Federenko lui indiqua un fauteuil :

— Il faudra vous faire au thé à la russe... Noir, très fort et très chaud !

Il s'assit, se versa un doigt de thé, vérifia qu'il avait bien infusé, et remplit les deux tasses :

— Est-ce à moi de vous parler ? Je ne sais pas... Mais sinon, à qui d'autre ? Enfin, voici ce que je voulais vous dire. Mon père était diacre à la rue Daru. Un jour de mai 1938, lui et Monseigneur Eulage, le métropolite, reçoivent la visite d'une jeune femme, plutôt une gamine, si ce n'est qu'elle était enceinte. Je me souviens de combien mon père avait été impressionné par la jeune fille. Son regard, sa posture, ses mots, son élocution, tout était fort. Elle s'était enfuie de Carélie et avait trouvé moyen de passer en Finlande, Dieu sait comment. Elle avait ensuite traversé la moitié de l'Europe, en bateau, en train, en camion, que sais-je, avec une audace et une débrouillardise époustouflantes. Il n'y avait pas dix personnes à l'époque qui en auraient fait autant avec si peu de moyens. Mais à la voir s'exprimer, rien ne lui semblait impossible, c'étaient les mots de mon père. Donc, la voilà qui se retrouve à Paris, où elle rôde pendant deux jours, repère les coupoles de la rue Daru, et sonne.

Il s'arrêta :

— Il s'agissait de votre grand-mère, vous l'avez compris, n'est-ce pas ?

Mathias fit non de la tête.

— Moi-même je n'ai vu Irina qu'une seule fois, quelques jours plus tard. Mais je m'en souviens comme si c'était hier.

Il secoua la tête :

— Maigre, sale... Et ce ventre... Mais en dépit de tout cela, elle était d'une beauté lumineuse.

Mathias eut un vertige. Un souvenir lui revint comme un éclair, quelques mots échangés avec son grand-père Alphonse peu de jours avant sa mort. « Il m'a soigné comme un fils », lui avait dit Alphonse à propos d'André. « Mais c'est ton fils ! » s'était exclamé Mathias en riant. « Oui, avait ajouté Alphonse. Mon fils. »

— Elle ne demandait qu'une seule chose, poursuivit Federenko, qu'on baptise son enfant. Elle promettait qu'ensuite, elle ficherait la paix à tout le monde. A la rue Daru, la dernière chose dont le métropolite avait besoin, c'était d'une fugitive. Nous vivions dans la terreur. Paris était truffé d'agents soviétiques à la poursuite de ceux qui avaient fui le pays. Ils venaient d'enlever Koutiepov, le général. C'était l'époque des procès de Moscou. La gauche française soutenait Staline, on l'a oublié...

Il regarda Mathias avec intensité :

— Vous ne connaissez pas notre histoire... Le métropolite avait signé un accord avec le régime. Une sorte d'allégeance forcée... (il eut un geste d'impuissance). Il vivait entre le marteau et l'enclume... Voilà que tout à coup il se tourne vers mon père : « Et si nous la confions à Alphonse ? » C'était le menuisier qui faisait les menus travaux de la rue Daru. Votre grand-père...

– Qui n'était donc pas mon grand-père... dit Mathias d'une voix à peine audible.

– Non (à nouveau, Federenko eut un geste d'impuissance). C'était un homme merveilleux. Il avait reçu un éclat d'obus en 1918 et en était ressorti impotent, une blessure courante, pendant la guerre... Sa relation à la rue Daru était une partie essentielle de sa vie. Pour un oui ou un non, il venait de Challes, où il avait son atelier, le matériel dans une brouette accrochée à l'arrière de son vélo... Je me perds... Eulage dit à votre grand-mère : « Il ne faut pas que tu restes à Paris. On va demander à notre menuisier de te cacher. » Il savait qu'Alphonse lui était dévoué, à cause du travail qu'il trouvait à la rue Daru, et aussi parce que c'était un homme bon, tout simplement. Votre grand-mère lance : « Je peux dormir ici, dans un coin. » Eulage lui répond : « Attends de voir cet homme. » Mon père va chercher Alphonse, le trouve à l'économat en train de faire Dieu sait quoi, et le voilà qui vient, grand et gros, debout devant Eulage et une fillette enceinte, à se demander ce qu'on voulait de lui. Mon père m'a raconté la scène vingt fois, en riant. Evidemment, quand le métropolite lui demande s'il peut cacher ta grand-mère, il l'observe, lève les yeux, les baisse, regarde de côté, et finalement lâche : « C'est d'accord. » C'était sa marque, à Alphonse, ce « C'est d'accord ». Enfin, vous l'avez connu...

Mathias resta silencieux.

– Le soir même, Eulage obtenait l'aide de Millerrand, l'ancien président de la République. Il nous avait toujours soutenus, même s'il était de gauche... Entre-temps, Millerand était devenu sénateur de l'Orme. En deux jours, il arrange les choses. Irina et Alphonse se rendent à Argentan. Le maire de l'époque était Yves Silvestre, un type formidable qui procurait de faux papiers à des réfugiés politiques. Ainsi, Irina devint Irène. Sylvestre lui colla un nom français, je ne sais lequel, et la voilà qui se terre à Challes, où elle passe ses journées et ses soirées à écouter le français à la radio et à copier l'alphabet. D'abord des lettres, puis des mots, puis des phrases, tout cela dans un effort sans relâche. Alphonse préparait les feuilles avant de partir au travail.

Il s'interrompit, soupira :

— C'était une jeune femme d'une énergie et d'une intelligence exceptionnelles, votre grand-mère. Elle lisait, lisait, lisait... Des journaux, des romans, tout ce que lui apportait Alphonse. Le soir, des heures durant, il l'aidait à faire des exercices de prononciation. Lorsque Andreï est né, elle se débrouillait en français. Un an plus tard, mon père me disait qu'il fallait tendre l'oreille pour percevoir une pointe d'accent.

Il s'arrêta :

— Je dois vous raconter ces détails. Ils sont essentiels pour la suite.

— Je vous en prie, fit Mathias.

— Deux mois après l'arrivée d'Irina, Alphonse l'épousait. C'était un homme de devoir qui a élevé votre père avec une tendresse de chaque instant.

Mathias sentit son regard se brouiller.

— Voilà, poursuivit Federenko. Je m'étais promis que vous sauriez un jour ce qu'a été la vie de votre famille. C'est la vôtre, mais aussi celle de notre peuple.

— Je vous remercie, fit Mathias.

Il esquissa un mouvement, pour quitter son fauteuil.

— Attendez, fit Federenko. Il y a encore deux choses importantes dont je dois vous faire part. Elles ont toutes deux trait à la Russie. Cette terre nous hante, vous savez... Elle ne nous lâche pas... Voici la première de ces deux choses. Comme je vous l'ai dit, votre grand-mère avait adopté le français, de toutes ses forces. Il n'empêche... Elle avait pris l'habitude de chuchoter à votre père des mots en russe, lorsqu'il était endormi, les petits mots qu'on dit chez nous, *malych*, *solnychko*, *lapouchka*... Elle les glissait à votre père en cachette... Si ce n'est qu'un jour, alors qu'il avait neuf ou dix ans, votre père ne dormait pas. Ou alors il faisait semblant... Et le voilà qui écoute sa mère lui parler dans une langue inconnue... Il ouvre les yeux, éclate de rire, et lui dit : « Tu me parles en chinois ? » Votre grand-mère se met à pleurer. Vous voyez la scène... Bien sûr, votre père ne comprend pas ce qui se passe et se met à pleurer, lui aussi. Et votre grand-mère prend alors une décision d'un courage inouï. Elle lui raconte tout. Oui, tout. Y compris que son père n'est pas Alphonse. Mais que jamais, de toute sa vie, il ne doit lui dire qu'il est au courant. Que ce sera leur secret à eux deux. A la vie à la mort. Je peux vous affirmer que jusqu'à ce qu'Andreï ait eu vingt ans, Alphonse n'a rien su. Après quoi... Vous verrez...

Il s'arrêta. Ils restèrent silencieux durant quelques instants, puis Federenko reprit :
– Il y a un autre morceau de vie que je dois partager avec vous. Votre grand-mère aimait la France. Elle adorait son fils. Pour Alphonse, elle avait de la vénération. Mais elle les a tous quittés, un jour en juin de l'année 1958, à l'époque où Andreï faisait son service militaire en Algérie. Elle a laissé deux notes, l'une pour Alphonse, l'autre pour votre père, je le tiens de lui. Je ne sais pas ce qu'elles contenaient. Mais je peux vous dire avec quelle audace elle a organisé son retour. Elle s'est inscrite au parti communiste, de façon à pouvoir retourner en URSS

comme Française. En tant que Russe, elle aurait terminé en prison.

Il y eut un silence.

– Quand on est russe, reprit Federenko, on l'est jusqu'à la moelle des os. Et on ne peut être que cela.

– Qui était mon grand-père ? demanda Mathias.

– Elle ne nous l'a pas dit.

Mathias resta immobile, les yeux à terre. Puis il leva le regard sur Federenko :

– Et elle ?

– Nous avons souvent cherché à savoir ce qu'il était advenu d'elle, vous vous en doutez. Il y a cinq ou six ans, un ami de Saint-Pétersbourg nous a fait savoir qu'elle était morte depuis longtemps.

A nouveau les deux hommes restèrent silencieux.

– Pourquoi est-elle partie ? reprit Federenko. Nous ne l'avons jamais su. Un Russe qui vit à l'étranger, c'est un être incomplet.

Mathieu était en larmes.

– Vous souhaitez un verre d'eau ?

– Ça ira, fit Mathias.

Dehors, il appela Dol et tomba sur son répondeur. Il hésita, prit son souffle, et pour finir raccrocha sans laisser de message.

Il avait passé quarante ans à se croire français. A agir et à réagir en tant que Français. Mathias Marceau, Français de souche. Fils de Veronica, née Perez, de Bailén, décédée, et de Marceau André, fils d'Irène, d'Argentan, et de Marceau Alphonse, de Challes. Mais Marceau André, fils d'Alphonse et d'Irène, née Dieu sait quoi, n'était rien d'autre qu'un Russe.

6

Mardi 16 mai 2000

La journée de Dol avait été pleine de bout en bout. A onze heures, flamenco avec sept clientes, toutes des dames entre deux âges. A midi et quart, flamenco encore, cette fois avec des jeunes employées du quartier, une heure et demie d'un cours vigoureux. Après quoi elle repartait en trombe : trois fois une heure de tango, chaque fois entre dix et quinze élèves, et à six heures une milonga, où chacun dansait avec qui il voulait. M. Delbarre était venu à huit heures moins cinq.

Elle termina peu avant dix heures, prit le métro à Ledru-Rollin et s'assit, épuisée, face à un couple d'Américains. Ils étaient tous deux grands de taille, lourds, mais assez beaux, et parlaient à voix forte. Elle imagina le mari dans ses bras pour un tango. Il était gauche, sans le moindre sens du rythme. Puis elle se vit danser avec l'épouse. Celle-ci souriait, l'air gêné, troublée de se retrouver dans les bras d'une femme.

A Bastille, les Américains se levèrent.

– Bye now ! lança le mari.

Elle était rompue. Une heure plus tôt, alors que le cours approchait de sa fin, M. Delbarre s'était arrêté de danser, d'un coup :

– Vous avez un souci.

Elle avait baissé les yeux.

– Vous voulez m'en parler ?

Elle avait arrêté la musique et lui avait raconté, pour Mathias.

– Il n'avait pas envie d'écouter son père, avait dit Delbarre. Quoi de plus banal ?

Il avait secoué la tête :

– C'est incroyable ce que les gens écoutent peu. Ils viennent chez moi pour que je les aide à entendre, et après... Pfft ! Ils ne veulent pas écouter.

Il laissa passer un silence :

– Dans votre studio, c'est autre chose... Les gens arrivent chargés de leurs rêves les plus fous. Ils vous les offrent ! Ils les déposent dans vos bras...

Il s'était arrêté, le regard préoccupé :

– Vous les touchez, vous les palpez, vous les respirez... Bien sûr, toutes les odeurs ne se valent pas (il hocha la tête sans sourire) mais dans ce studio c'est la vie qui se dévoile. Et puis...

Il avait hésité :

– Vos élèves ne rêvent que d'une chose... (à nouveau, il marqua une pause) : Ne jamais quitter vos bras. Ici, l'humanité s'offre à vous dans son espérance la plus grande. Chacun qui franchit la porte de votre studio est dans la folle attente de voir son destin basculer. Vous le savez, n'est-ce pas ?

Elle avait fait non de la tête.

– Bien sûr que oui. Moi, par exemple. Vous m'avez à vous, impossible que vous ne le sentiez pas. Il suffit que vous exerciez une petite pression de la main gauche sur mon épaule, une toute petite pression de rien du tout, pour que je m'approche de vous autant que vous m'autoriserez à le faire.

Il s'était arrêté une fois encore :

– Pour que je presse ma poitrine contre la vôtre

jusqu'à sentir vos seins. Je n'attends que cela. A chaque seconde. C'est dire si je suis aux abois.

Elle se dirigea vers le combiné et relança la musique.

Ils avaient fini leur tango sans grâce, puis Delbarre avait dit : « Je me suis montré bien bavard, aujourd'hui. »

7

Mardi 16 mai 2000

– Bonjour Professeur !
– Bonjour cher Monsieur Salah ! Très foncé, n'est-ce pas ?

Depuis huit ans qu'il était veuf, Federenko descendait chaque matin prendre sa deuxième tasse de thé au café de la Roseraie, à l'angle de la rue Bleue et du faubourg Poissonnière.

Un protocole s'était mis en place entre lui et le patron. A la Roseraie, on le recevait dans les formes. M. Salah était un homme distingué, avait décrété Federenko, et si son rang social n'était plus celui d'un prince du désert, sa situation n'était pas très différente de celle des Russes qui s'étaient retrouvés pauvres à Paris après avoir été riches chez eux.

Ainsi, chaque matin, par un accord tacite, il s'adressait à Salah d'une voix assez forte pour que tous l'entendent. Peu importait que ce fût sa femme, ses clients ou des passants, l'essentiel était que dans ce « Bonjour cher Monsieur Salah », le patron se sente honoré, autant par l'importance de celui qui le prononçait que par la considération que ces mots exprimaient.

Lorsque le patron lui apporta son thé, il lança à son tour d'une voix forte :
– Pour vous, Professeur !

Cela lui valait chaque matin quelques mots supplémentaires de Federenko, que Salah rapportait à sa femme, si elle n'avait pas été là pour les écouter : « Tu sais ce que m'a dit le Professeur, aujourd'hui ? Imagine-toi que... », et ainsi de suite.

Mais ce matin-là, Federenko ne réagit pas. Cela faisait trois jours qu'il était perturbé.

Il aurait pu retourner au pays, après la chute. Mais voilà, il aurait perdu son confort. Le doux confort de l'exil... Solide, ourlé d'héroïsme... Les réfugiés russes avaient été les victimes d'un régime qui les avait contraints à l'éloignement ? Ils y avaient fait front avec dignité. Et lui, Igor Alexandrévitch Federenko, titulaire d'un héritage glorieux, avait grandi avec une médaille usurpée accrochée à sa poitrine et fêté les Noëls, les Épiphanies et les Pâques de l'exil dans la lumière consolante de la nostalgie.

Il y avait aussi la rue Daru, les activités communautaires, les bonjours de M. Salah... Comment l'aurait-on reçu, à Moscou ou à Saint-Pétersbourg, dans le brouhaha de la Russie nouvelle ? Le pays fonctionnait selon d'autres règles, violentes elles aussi. Son peuple était rajeuni, il voulait en découdre...

En définitive, Federenko n'y avait jamais mis les pieds, dans cette Russie natale où il n'était pas né. Pas même un seul jour. Et puis il n'avait plus l'âge.

Il but une petite gorgée de thé, reposa son verre, et se dit que ces histoires de sang, c'était une sottise.

8

Mardi 16 mai 2000

– Tu vois les détails ? demanda Gilbert.

Petit, galbé, délicat, le bonheur du jour était marqueté de partout. Des bouquets de fleurs tenus par des rubans ornaient la partie horizontale et les faces visibles du meuble. Les tiroirs, au nombre de sept, étaient munis de poignées en bronze ciselé.

Gilbert en effleura une :

– Du Garnier. Ce qui se fait de plus beau. Regarde les pieds.

Ils étaient galbés, eux aussi, recouverts d'ornements en bronze d'une grande finesse. La partie horizontale était faite de trois abattants qui se fermaient en portefeuille. Sur la partie verticale, trois jeux de tiroirs coulissés suivaient le galbe de la face.

– Tu vois le travail ? Châssis en chêne, pourtour en noyer, et le fond, regarde : bois de rose, citronnier et sycomore, travaillés tout en finesse. Du grand art. Et les ombres... Là, et là, et là, tu vois, ce ne sont pas les mêmes.

Il sourit :

– Et puis il y a ça, bien sûr.

Sur la partie horizontale, André avait marqueté les mots suivants, en guirlande :

Ce que j'ai de plus précieux

La gorge nouée, Mathias effleura le petit texte.
– Si tu veux, je te l'amène demain, fit Gilbert.
Mathias hocha la tête, puis se tourna vers Gilbert, le prit dans ses bras, et éclata en sanglots.

Son père l'avait fait rire mille fois, à propos de la tour Eiffel et de la bonne sœur folle de la messe. Il lui avait montré de la tendresse. Mais il l'avait exclu d'un pan entier de sa vie. Pourquoi ?

Gilbert lui tapota l'épaule :
– Viens. On continue la visite.
Mathias se sépara de lui.
– Je te montre là où il a eu son malaise, reprit Gilbert. Suis-moi.

Arrivé devant une grande porte de type industriel, il se retourna :
– Le domaine réservé de ton père. Je te laisse passer devant.

Mathias ouvrit la porte avec hésitation et resta figé sur le seuil.

Au milieu de la pièce, deux chevalets portaient chacun une icône. L'une représentait une *Descente de la Croix* et semblait achevée. L'autre, une *Dormition*, était encore à l'état d'ébauche. On voyait l'esquisse au crayon de la Vierge étendue sur sa couche mortuaire et les visages des anges qui l'entouraient.

Quelques icônes de tailles diverses étaient accrochées aux murs, toutes du même style que celles de l'appartement.

Sur une table de bois sombre souillée de peinture, Mathias vit deux piles de livres d'art qui traitaient tous d'un même sujet : les icônes. Plusieurs étaient ouverts. Mathias déchiffra quelques annotations : « Plus de noir dans le rouge », « Tourner le pied gauche de l'enfant Jésus », « Ajouter deux apôtres »... Au sol, il remarqua une pile de tablettes de bois, ainsi qu'un gros rouleau de papier à bulles. A proximité de la porte industrielle, deux grands colis emballés dans du papier kraft étaient posés contre la paroi, chacun épais d'environ trente centimètres. Mathias saisit l'un d'eux et sentit le papier à bulles rouler sous ses doigts. Sur le colis figurait une adresse, écrite en lettres latines :

Père Vladimir Ashrakoff
Chapelle des Martyrs du Siècle Nouveau
Rue Poltavskaya
Saint-Pétersbourg

Mathias le reposa et s'accroupit devant le second colis. Il portait la même adresse.
— Avec toutes ces églises qui ouvraient, il leur fallait des icônes...
— Pourquoi ne m'en a-t-il pas parlé ?
— Sans doute qu'il n'osait pas t'ennuyer...
Il y eut un silence.
— Et cet Ashrakoff ?
— Il alimente en icônes un réseau de nouvelles églises. Ton père en peignait trois ou quatre chaque mois...
Mathias se redressa et regarda Gilbert dans les yeux :
— Que s'est-il passé ?
— Je me suis souvent demandé si ce n'était pas lié à la mort d'Alphonse. Si ton père n'avait pas attendu qu'il meure, pour ne pas l'attrister.
Mathias resta silencieux.
Gilbert attendait, l'air emprunté. Finalement il toussota :
— Alors je te l'apporte demain, c'est entendu ?

Mathias ne répondit pas.

– Tu veux que j'apporte aussi l'une ou l'autre des icônes ? Elles sont toutes à toi, tu sais ?

Mathias fit non de la tête :

– Tu peux les envoyer à cet Ashrakoff ?

– Ce sera fait, répondit Gilbert.

Il eut un geste de la main :

– Tu sais, il avait pour toi une admiration énorme…

Mathias le regarda en silence, puis le prit dans ses bras et quitta l'atelier.

Au moment où il arriva chez lui, il constata qu'un message avait été déposé dans sa boîte vocale. C'était Jason :

Helen m'a mis au courant, pour ton père.
Fais-moi signe.

9

Mercredi 17 mai 2000

Ils étaient assis sur le lit devant le bonheur du jour.
– Il est magnifique, fit Dol.
Mathias ne réagit pas.
– Tu sais, reprit Dol, ces mots qu'il a incrustés…
Elle s'arrêta et eut un geste des épaules :
– Peut-être qu'il voulait te dire combien il était fier de son travail.
Mathias continua de rester silencieux.
– Tu ne dis rien ?
– Peut-être qu'il voulait me parler de ce que je fais…
– Les conseils, ce n'était pas son genre, tu le sais. Et, puis il n'aurait jamais osé. Il t'admirait trop.

10

Jeudi 18 mai 2000

— Elle t'embarrasse, cette discussion ?

Ils étaient dans un italien de la rue Perronet, où on les avait installés sur une sorte de petite estrade.

— Faire une photo, reprit Jason, ça doit bouleverser.

Mathias baissa les yeux.

— Pour toi, c'est devenu un truc agréable. Tu ne vis plus au bord du volcan. Tu es plutôt au bord de la piscine.

Il marqua une pause, les yeux dans le vague :

— En arménien, il y a une expression pour dire la consolation. *Zavt tanem.* Mot à mot, cela veut dire : je prends ta douleur.

Il le regarda avec intensité :

— C'est ça qu'il attend, le bonhomme que tu photographies. Un partage. S'il sent que tu es avec lui, il te confie son fardeau. Et là, tu fais une vraie photo. Tu as cherché la douleur du gars, tu l'as prise sur toi, et du coup tu l'as transformé, ton gars.

Il marqua une pause, les yeux toujours dans ceux de Mathias :

— Et là, à cet instant, tu deviens un homme.

Il sourit :

— Un jour, à Pacific Bay, on me colle en cellule un mec impossible. Un physicien qui avait mal tourné au jeu. Pas mauvais bougre, mais agité... Bref, on devient amis, je lui raconte que je fais de la photo. Il me demande en quoi ça consiste, je lui réponds à peu près ce que je viens de te dire, qu'en faisant une photo, tu transformes ton sujet, tout ça... Alors le gars m'explique qu'en physique, il y a une loi qui s'appelle le principe d'incertitude de Heisenberg et qui dit, je te raconte de mémoire, qu'on n'arrive pas à connaître à la fois la vitesse et la position d'une particule. Parce que le simple fait de la regarder modifie son état. Et il constate que pour la photo, c'est pareil. Tu regardes ton bonhomme et du coup, tu le transformes.

Mathias avait toujours les yeux baissés.

– Si tu croises dans la rue une des beautés que tu as photographiées cinq minutes plus tôt, tu la reconnais ?

Mathias fit non de la tête.

– Ben voilà. Tout est dit.

11

Vendredi 19 mai 2000

– Ce que j'ai de plus précieux…, fit Helen. Ça me semble clair.

Elle s'interrompit, soudain embarrassée.

– Vas-y, fit Mathias. Au point où j'en suis.

– Peut-être que ton père voulait que tu tries… Que tu fasses le point… Plutôt que t'offrir un album pour classer tes plus belles photos, il t'a offert un meuble.

12

Vendredi 19 mai 2000

Mathias s'approcha des étagères et compta. Quarante-trois cartons, chacun contenant au moins une centaine de clichés.

Combien fallait-il en mettre dans le bonheur du jour ? Et surtout, comment choisir ?

L'exercice lui sembla impossible. Il soupira, se rendit dans la chambre à coucher, s'assit sur le lit face au meuble, et ressentit une sorte de déséquilibre. A l'instant où ce mot lui vint à l'esprit, il comprit l'origine de sa gêne. Le dispositif des tiroirs à coulisse n'était pas symétrique. Les tiroirs du haut étaient en trompe l'œil, ce qui était naturel, vu que l'accès se faisait par les trois abattants en portefeuille. Mais alors que sur la gauche, le meuble était muni d'un premier tiroir haut d'environ vingt centimètres, puis, en dessous, d'un autre, vrai, celui-là, qui en faisait dix à peine, sur la partie droite, le dispositif était de trois tiroirs d'égale hauteur, dont seul le premier était en trompe l'œil. La partie centrale du meuble comptait deux tiroirs qui entouraient une tirette. Ceux-là étaient d'égale hauteur. L'asymétrie ne concernait donc que les côtés, et en particulier le gauche, asymétrique tant par rapport au côté droit (il comptait deux tiroirs au lieu de trois) qu'en lui-même, avec un tiroir du haut qui faisait près du double de celui du dessous.

Mathias garda quelques secondes le regard sur le meuble, content d'avoir compris d'où venait sa gêne, puis s'en approcha, souleva les trois abattants et constata que l'espace situé sous l'abattant de gauche, celui qui correspondait au tiroir le plus haut, était effectivement plus profond que l'espace disponible sous l'abattant de droite. Ainsi tout était clair. Il remit les abattants à plat et à nouveau observa le meuble. S'il voulait y ranger ses plus belles photos, cela serait donc dans un total de sept espaces : deux à gauche, deux au milieu, et trois à droite, avec chaque fois l'espace du haut accessible par l'abattant, et les autres par les tiroirs.

Sept espaces.

Combien mettrait-il de photos dans chacun des espaces ? Il pouvait y entasser des dizaines de tirages, bien sûr. Mais alors il ne s'agirait plus de « ce qu'il avait de plus précieux ». Il lui fallait choisir, et même de façon serrée. A trois photos par espace, il devait extraire vingt et un clichés des quatre mille qu'il avait en archives. Un sur deux cents...

Il retourna au salon et balaya du regard les quatre étagères qui portaient les archives. Par où commencer ? A raison d'une demi-heure par carton, il en aurait jusqu'au lendemain.

Il regarda sa montre. Il était dix heures du matin. Il se fixa pour délai d'avoir fini à six heures du soir.

Carton après carton, il déposa les clichés sur la table basse, mit de côté ceux qu'il jugeait les meilleurs, replaça le carton sur l'étagère, et ainsi de suite. A trois heures et quart, il replaça le dernier carton et compta le nombre de clichés qu'il avait mis de côté. Il y en avait cinquante.

Il les mit en pile, se rendit dans la chambre à coucher et les disposa sur le lit.

Sur la première photo, un enfant de six ou sept ans,

les yeux rieurs, lui faisait une grimace, les mains dans la bouche. En arrière-plan, un autre garçon, plus jeune, portait sur son aîné un regard d'une admiration béate. La photo avait été prise dans un village à l'est de la Turquie.

Il sourit, examina les détails de la photo avec attention et décida de la garder.

Sur la seconde, deux jeunes filles du même village se tenaient par le bras et regardaient l'objectif, dans un mélange de gaucherie et de coquetterie. Celle-là pouvait retourner en archive.

Sur la troisième, un couple de mariés sortait d'une église.

Mathias se souvint des circonstances de la photo. C'était un matin de juillet, à La Bourboule, où il avait été envoyé pour photographier les curistes. Il venait de quitter l'établissement thermal et passait devant une église lorsque les portes s'ouvrirent et quelques notes de la Marche nuptiale jouées à l'orgue parvinrent jusqu'à lui. Il sortit son appareil dans la seconde et visa la porte avant même que n'apparaissent les mariés. Lorsque ceux-ci le virent, ils eurent une expression de surprise qui, mêlée à celle de leur bonheur, faisait de la photo un petit chef-d'œuvre.

Il mit de côté les clichés qui lui semblaient de premier choix et les recompta. Il en restait trente. Il en mit neuf de côté, empila tous ceux qu'il n'avait pas sélectionnés et les rapporta au salon.

Puis il retourna à la chambre à coucher, ouvrit les trois abattants et déposa les trois premières photos au creux de l'espace situé sous l'abattant de gauche, celui qui correspondait au plus grand volume.

Il fit de même avec une deuxième petite pile de trois photos qu'il déposa au milieu du meuble, puis avec la suivante qu'il mit dans l'espace situé à droite.

Il regarda tour à tour les trois espaces du haut dans lesquels il avait déposé les neuf premières photos, ferma les abattants, ouvrit les trois tiroirs situés en deuxième ligne et s'assit sur le lit. Le sentiment de malaise éprouvé en fin de matinée lui revint.

Il soupira, referma les trois tiroirs et observa le meuble. A nouveau, quelque chose le perturbait. L'asymétrie des tiroirs en façade n'expliquait pas tout. Il s'assit, resta une longue minute les yeux sur le meuble, puis d'un coup se leva, ouvrit les trois battants, prit une photo au hasard et l'utilisa comme s'il s'agissait d'une règle : il la plaça dans l'espace de gauche, à la verticale, pour en mesurer la profondeur, et la marqua de son ongle. Puis il plaqua la photo sur la face externe du tiroir. Celle-ci était plus haute de quatre à cinq centimètres. Il répéta l'opération à droite. La différence entre l'intérieur et la hauteur du tiroir en façade n'était que d'un centimètre à peine.

Il répéta l'opération et arriva au même résultat : quatre ou cinq centimètres à gauche, et un seul à droite.

Il s'assit à nouveau sur le lit, les yeux sur le meuble, puis soudain se leva, ôta le tiroir central du bas et glissa la main à l'intérieur du meuble. Ses doigts heurtèrent une languette.

Surpris par le contact, il retira sa main très vite, puis la réintroduisit lentement dans l'espace du tiroir, retrouva la languette sur son côté gauche et la tira vers le milieu du meuble, à l'horizontale. Un objet haut d'environ trois centimètres glissa vers la droite, là où un instant plus tôt se trouvait le tiroir.

Il le sortit avec précaution et le posa sur le lit.

C'était une boîte en chêne, munie d'un couvercle marqueté sur lequel était incrustée une grande rose.

Le cœur battant, il ouvrit la boîte. Elle contenait deux documents. L'un était une sorte de cahier de comptabilité dont les premières pages étaient couvertes de chiffres et les suivantes d'un texte écrit en russe, au bas duquel figuraient plusieurs signatures. Mathias les compta. Elles étaient au nombre de douze. Il y avait ensuite une liste qu'il ne put déchiffrer, dont une des colonnes indiquait des dates, toutes en 1937, ainsi qu'un plan.

Le second document était une lettre manuscrite, à la calligraphie élégante, datée du 20 juillet 1958. La gorge nouée, Mathias la découvrit :

Mon André,
J'ai effacé la Russie de ton cœur.
Tu l'avais dans chaque fibre de ton corps, notre Russie. Dans chaque goutte de ton sang. Tu l'avais le jour où tu es né.
Et moi, j'ai tout fait pour te détacher de cette patrie dont l'éloignement nous cause tant de douleur. Je t'en ai libéré comme on libère un prisonnier de ses chaînes.
Mais moi, vois-tu, j'en suis pleine encore, de cette Russie. Pleine de la même manière que j'étais pleine de toi lorsque je te portais dans mes entrailles, et que chaque parcelle de moi n'était là que pour te nourrir.
Tu es français, mon André. Pour toujours. Et que Dieu te garde ainsi. Moi, je suis russe, pour toujours aussi. C'est en Russie que je dois vivre. Et c'est en Russie où je dois mourir.
Remets ce cahier à ton fils, et que lui le remette au sien, et ainsi de suite jusqu'à ce que la lumière baigne à nouveau notre patrie.

13

Vendredi 19 mai 2000

— Il est possible qu'il s'agisse du document dont m'a parlé mon père, dit Federenko. Vous permettez ?

Il ignora les pages couvertes de chiffres, se lança dans la lecture du texte, arrêta son regard sur le plan qui figurait au bas de la troisième page, puis entreprit la lecture du tableau. Celui-ci faisait trois pages, qu'il découvrit avec grande attention, bougeant les lèvres et hochant la tête à chaque ligne.

— Je ne m'attendais pas à ça, fit-il en levant les yeux du cahier.

Mathias resta silencieux.

— Il faut que je reprenne l'histoire de votre grand-mère au moment où elle s'est présentée rue Daru.

— Merci de tout me dire, fit Mathias.

— Vous avez raison de vous offusquer, fit Federenko.

Il marqua un temps de pause :

— Lorsque les choses sont douloureuses, on les enfouit... Votre histoire me met face à ma propre réalité. Passons... Un jour de mai 1938, mon père nous raconte l'arrivée rue Daru d'une petite Russe lumineuse, combative, un bijou de fille. Je me souviens du mot utilisé par mon père. *Zviozdotchka*. Une étoile. La fille annonce qu'elle possède un document dont elle dit à Eulage et à mon père qu'elle souhaite le leur confier.

Eulage ne voulut pas même savoir ce que contenait ce document. Les envoyés de la NKVD étaient partout où se trouvaient nos émigrés. Donc, la jeune femme repart avec son cahier… Pour tout vous dire, je pensais que ce cahier avait disparu. Qu'elle l'avait détruit, pour se protéger. Je l'aurais comprise. Car le document que vous m'avez apporté est pour l'histoire de notre Russie d'une portée inestimable.

Federenko baissa les paupières et ouvrit le cahier à la première page du texte :

– Il donne d'abord les statuts d'une confrérie de moines créée par l'homme dont votre grand-mère était la compagne, Nikodime Kirilenko. J'aurais pu vous parler de lui lorsque vous êtes venu me voir il y a quelques jours. Mais comment savoir ce que votre père aurait voulu que je dévoile, ce qu'il avait confié à Gilbert, et ce qu'il voulait cacher pour vous préserver, comme il l'a toujours fait ?

Il soupira :

– Peut-être ai-je manqué de courage…

– Parlez-moi du document, fit Mathias.

– Au bas des statuts que je vous résumerai tout à l'heure figure un plan. Et en fin de cahier, sur trois pages, votre grand-père décrit les objets sacrés que sa Confrérie a sauvés des bolchéviques. De chacun, il donne la nature, le lieu où il a été trouvé, la date, et le nom des frères qui se sont occupés de le récupérer. La liste mentionne des trésors inestimables. Le lieu où ces trésors sont enfouis, si c'est bien l'endroit indiqué par la carte, se trouve dans la forêt, à l'est de Saint-Pétersbourg, entre ses faubourgs nord et le lac Ladoga. Vous comprenez que leur mise à jour serait un événement à retentissement mondial, tant sur le plan artistique que religieux. Sans parler de la dimension historique, qui montrerait la vigueur des mouvements de résistance. Evidemment, tout cela est très ancien. En plus, la région entière s'étend sur des marais salants. Après soixante ans, j'imagine que tout ce qui a été enfoui doit être pourri.

14

Vendredi 19 mai 2000

— Vous ne voulez pas vous mettre à l'abri ?

Salah, le patron, regardait Mathias d'un air incrédule.

— Un café, oui, répondit Mathias, qui malgré la pluie restait sur la terrasse.

— C'est le client qui décide ! fit Salah en souriant.

Mathias appela Dol, tomba sur son répondeur et raccrocha. Il appela ensuite Helen, d'abord chez elle, où le téléphone sonna dans le vide, puis sur son portable. Elle décrocha de suite, fit « Mathias, mon chéri, je te rappelle », et raccrocha.

Il resta une ou deux minutes assis, hébété, puis se décida à appeler Jason. Le numéro sonna occupé. Il essaya encore trois fois, toujours sans succès, puis finalement obtint une sonnerie espacée, mais personne ne décrocha.

Il appela Dol à nouveau, sans succès, et décida d'aller au studio.

Depuis combien d'années n'y était-il plus allé ? Six ou sept. Peut-être même plus.

15

Vendredi 19 mai 2000

Le panneau collé sur la porte disait :

*Studio Pepita
Flamenco y Tango*

A côté de la sonnette, Mathias lut :

Ne pas sonner

Il abaissa la poignée, poussa la porte aussi lentement qu'il put et jeta un regard circulaire.

La porte du studio était fermée, mais une musique jouée à plein volume remplissait le couloir. C'était *La Cumparsita*.

Il pénétra dans un petit bureau qu'un miroir sans tain séparait du studio, d'où l'on voyait la salle sans en être vu.

Au rythme heurté du tango, Dol et son ORL dansaient comme s'ils ne faisaient qu'un. Dol était gracieuse, et son cavalier, malgré son âge et son costume-cravate, avait une légèreté qu'on aurait attribuée à un homme plus jeune de trente ou quarante ans.

Lorsque l'air prit fin, ils restèrent collés l'un à l'autre durant plusieurs secondes, sans bouger. Puis Dol dit quelque chose. Son cavalier lui répondit. Il semblait troublé. Dol resta silencieuse quelques instants, le regard sur son élève, puis se dirigea vers le meuble qui portait le lecteur de CD. Elle chercha un disque, le posa sur la platine, pressa un bouton et s'approcha de son cavalier. Au moment où elle fut à quelques centimètres de lui, une musique envahit à nouveau le studio. C'était *La Vie en rose*, chantée par Edith Piaf.

L'homme, le visage soudain tendu, dit quelques mots. Dol répondit, l'air très sérieux.

L'homme enlaça Dol. Elle leva le bras droit, lui prit la main, se serra contre lui, et ils se mirent à danser au rythme lent de la chanson :

> *Il me dit des mots d'amour*
> *Des mots de tous les jours*
> *Et ça me fait quelque chose*

La joue sur la poitrine de son cavalier, Dol avait les yeux fermés.

Mathias les regarda durant quelques instants, puis quitta le studio, défait, honteux, surtout, de découvrir combien il avait abandonné Dol à elle-même.

16

Samedi 20 mai 2000

— Tu voulais me voir ?
Ils étaient à nouveau à l'italien de la rue Perronet.
Mathias lui raconta le meuble, le cahier, sa visite chez Federenko :
— Ce sont plutôt de bonnes nouvelles, fit Jason.
Il y eut un silence.
— Tu m'as l'air perdu.
Mathias baissa les yeux.
Jason sourit :
— L'autre jour, au vernissage, tu semblais déjà perdu.
Il sortit une enveloppe de sa poche et en retira une photo noir et blanc de format carte postale :
— Elle date de vingt-sept ans.
Un homme dans la quarantaine se tenait droit, les bras croisés, dans une posture de défi. Il avait les cheveux longs jusqu'aux épaules, une barbe de plusieurs jours et les traits tirés. Dans son regard, on sentait un mélange de mépris et de rage. Sur la droite de la photo, deux hommes regardaient en direction du photographe.
Mathias examina la photo dans chaque détail, puis leva les yeux sur Jason :
— C'est toi ?
— Pelican Bay. Autoportrait. La photo est restée dans la bobine pendant des semaines. Je me souviens de ma

réaction lorsque enfin j'ai eu le cliché sous les yeux. Je m'étais dit que je ne ressemblais pas à un être humain.

Soudain pris par l'émotion, il s'interrompit, ôta ses lunettes à grosse monture et s'essuya les yeux :

– Quand tu photographies, tu sauves, tu comprends ? Tu vas à la pêche à l'homme.

Il remit ses lunettes et regarda Mathias avec force :

– Tes anorexiques... Elles aussi méritent d'être pêchées. Mais tu les laisses couler ! Et tu coules avec elles, Mathias Marceau !

Il s'arrêta quelques instants, puis lança :

– Pêcheur de fringues !

– III –
Septembre-octobre 2000

1

Dimanche 16 septembre 2000

Polia s'arrêta au seuil du bar, jeta un coup d'œil, et se dit qu'elle était d'une bêtise insondable. Elle aurait pu proposer la Maison Singer, à deux pas de l'hôtel. Ou l'un des cafés sur Nevski. Elle s'y serait sentie plus à l'aise. Plutôt que de se retrouver mal fagottée au milieu de filles qui faisaient trois mètres de haut et qui avaient passé une demi-journée chez le coiffeur, deux heures à se maquiller et deux autres à se mettre un million de roubles sur le dos..

Une vraie crétine.

« Je poserai un album de photos sur la table », lui avait dit le Français. Bien sûr elle ne le repéra pas. Il aurait fallu qu'elle prenne le temps de regarder... Mais il se dégageait du bar un tapage si fiévreux, si vulgaire, si typique des nouveaux puissants, qu'elle n'osait pas même s'en approcher.

– Vous cherchez ceci ?

Un homme avait à la main un album de photos.

Les yeux de Polia tombèrent sur le titre :

Les plus belles femmes du monde

– Je suis Mathias.

Il la regarda. Elle devait avoir cinquante ans. Petite, un peu forte. Une femme discrète, dont on devinait le désir d'élégance. Elle avait des traits délicats, un nez parfait, surtout, d'une rare finesse, très droit. Mais son visage était sans éclat.

– Enchantée. J'espère que je ne suis pas en retard.

Il lui dit qu'elle parlait un français parfait.

Elle sourit :

– On nous apprend à nous débarrasser de tous ces petits « b » russes qu'on ne prononce pas et dont on dit qu'ils mouillent la consonne précédente. Un peu comme un « y ». On nous soumettait à des exercices quasi militaires pour apprendre à prononcer vos voyelles nasales, les « non, chausson, méchant », lorsque le « n » final reste suspendu comme une promesse.

Elle haussa les épaules :

– On y arrive, parce que les promesses, nous savons ce que c'est...

Elle avait quelque chose de doux. Il essaya de deviner son corps. Tout semblait rond chez elle. Les épaules, le ventre, la poitrine, tout.

– Ainsi, vous avez travaillé avec Jason ?

A nouveau, elle haussa les épaules :

– Je lui ai servi de guide, rien de plus.

Deux ans plus tôt, on avait commandé à Jason un reportage sur les marginaux que le nouveau régime avait lancés à la rue. Son agence l'avait mis en contact avec Polia.

– Est-ce qu'il vous a dit ce qui m'amène à Saint-Pétersbourg ?

— « Son histoire va t'intéresser », c'étaient ses mots. Je n'en sais pas plus.

– Parce que vos sujets d'intérêt, ce sont... ?

– Ceux qui touchent à l'ancien régime. Je suis journaliste. Et puis je prépare un livre sur la vie de mon mari. Il est mort en clinique psychiatrique, deux ans avant la chute.

La perspective de raconter son histoire à cette femme l'embarrassa. Elle vivait dans la douleur, c'était évident, et lui dans une sorte d'imposture, à trimballer une histoire qui n'était pas la sienne.

Il chercha à gagner du temps :

– Vous ne voulez pas m'en dire plus ?

– Je ne suis pas venue pour cela. Mais si vous voulez...

Son mari avait été chargé d'exploiter une carrière d'argile située à l'est de la ville. Elle avait été abandonnée depuis longtemps, mais c'était l'époque des grands chantiers et du plan quinquennal, et le régime avait décidé de la rouvrir.

– Le onzième plan, précisa Polia. Onze fois cinq ans... Ça vous donne une idée de la façon dont fonctionnait le pays...

Il fallait battre les Américains. La course au bien-être... Construire des logements, c'était une priorité dans la politique de Brejnev. La fabrication des briques nécessitait de l'argile, et la vieille carrière, située à Pongarevo, dans la banlieue est, avait été remise en fonctionnement. Mais les installations étaient vétustes. Il y avait eu coup sur coup deux déraillements de chariot. Le premier n'avait pas eu de conséquences, mais au second, un ouvrier avait eu le pied broyé. Une quinzaine de jours plus tard, le câble du funiculaire avait lâché, et le conteneur était tombé sur un groupe de trois ouvriers. L'un d'eux avait été tué, le mari de Polia s'était plaint du manque de sécurité à son ministère. Le lendemain, la police l'arrêtait pour propagande antisoviétique.

– Mon mari était devenu un ennemi du peuple. Un homme qu'il était impératif de faire taire. Son problème, c'est qu'il était crédible. A l'époque, la simple opposition à une action du Parti était considérée comme un signe de débilité mentale. Les médecins l'ont donc déclaré schizophrène. C'était l'année où Snejnevski inventa une nouvelle maladie : la schizophrénie asymptomatique. Snejnevski était un professeur réputé…

Sur le plan politique, l'invention était géniale. Le régime ne tuait plus, comme sous Staline. Il enfermait, en toute légalité, et même en toute éthique scientifique.

Elle eut un sourire triste :

— Vous connaissez la blague que chacun racontait à l'époque, sur la définition du communisme ? On demandait : est-ce un art ou une science ? C'était un art, bien sûr, car s'il s'était agi d'une science, le régime l'aurait d'abord testé sur des chiens.

Mathias baissa les yeux.

— Au bon vouloir du régime, chaque citoyen pouvait être déclaré schizophrène et se retrouver en clinique, attaché à un lit, gavé d'insuline ou de sulfadiazine. Les hôpitaux psychiatriques ne dépendaient plus du ministère de la Santé mais des services de sécurité. C'est dans l'un d'eux qu'est mort mon mari, celui de la rue Arsenal. Un lieu maudit. Il valait mieux qu'il meure, remarquez. A coups de sulfadiazine, les médecins l'avaient transformé en légume.

Elle haussa les épaules :

— Je m'arrête là. Vous n'êtes pas venu écouter les malheurs d'une aigrie. Vous me racontez votre histoire ?

Il chercha une échappatoire, vit l'album posé sur la table et le remit à Polia :

— Si j'ose…

A la seconde même, il comprit son indélicatesse.

Polia prit le livre, se mit à le feuilleter, et regarda Mathias d'un air incrédule. Qui était cet homme qui offrait à une femme au corps fatigué un livre intitulé « Les plus belles femmes du monde » ?

Elle se leva, fit « Merci pour le livre », et quitta le bar.

2

Dimanche 16 septembre 2000

A la place des Arts, elle s'assit sur l'un des bancs et resta immobile, le regard dans le vague, incapable de trouver la force pour faire les deux pas qui menaient à la rue Nekrasova.

La perspective de retrouver sa chambre la plongea dans une lassitude immense. Un lit affaissé qui prenait toute la largeur de la pièce, une bibliothèque pour armoire, des monceaux de vieilleries partout, et des voisins avec lesquels il fallait partager la cuisine et le bain dans une harmonie forcée, car sinon ce serait l'enfer.

Entre sa détestation du passé et son mépris du présent, elle vivait dans un étau.

Elle finit par se lever et reprit son chemin par la rue des Ingénieurs. Mais arrivée au canal de la Fontanka, elle éclata en sanglots.

Ce rendez-vous avait été une idiotie. Surtout au bar de l'Europa.

Elle fit quelques pas le long du cirque Tchizinelli et s'arrêta, les yeux sur l'entrée des artistes, lorsque la porte s'ouvrit si brusquement qu'elle faillit tomber. C'était un groupe de trois acrobates, à en juger par leur allure, qui semblaient s'amuser de la petite bousculade :

– Scusi tanto, cara Signora, fit l'un.

– Pardon, Madame, fit un autre en s'inclinant avec exagération.

– Non parliamo russo ! fit le troisième. Pardon ! Pardon ! Pardon !

Ils étaient beaux, pétillants... Ils la voyaient sans doute comme une ancêtre qu'ils n'auraient pas même dû effleurer.

Elle repéra une poubelle au bord du canal, s'en approcha d'un pas lent, et y laissa tomber l'album.

3

Lundi 17 septembre 2000

– Ne m'en veuillez pas, fit Polia. Ici, nous vivons sur les nerfs.

Ils s'étaient retrouvés au bar de l'hôtel. A onze heures, il était désert.

– Au temps du communisme, il y avait des règles… Elles étaient là une fois pour toutes. C'était rassurant. Du reste, tout était là pour toujours.

Elle s'interrompit et secoua la tête :

– Voilà que je parle comme une nostalgique. Mon mari a été assassiné par le régime et je lui trouve de bons côtés…

– Je suis heureux que vous ayez accepté de me revoir, fit Mathias. Jason m'a appelé. Je lui ai dit que nous n'avions pas eu un très bon contact.

Elle le regarda dans les yeux, l'air grave :

– Dites-moi ce qui vous amène.

Polia l'écouta avec une attention de chaque instant. Lorsqu'il eut terminé, elle hocha lentement la tête, les lèvres serrées, comme lorsqu'on veut dire à quelqu'un : « Tu sais dans quel pétrin tu t'es mis ? »

– Quoi qu'il arrive, cette aventure va vous causer de la douleur. Si vous ne trouvez rien, vous resterez sur votre faim. Au moins, les grands ennuis vous seront épargnés.

— Et si on trouve ?

— Toute la Russie voudra s'approprier l'événement. Les croyants crieront au miracle de la résurrection des œuvres par la foi et le sacrifice. L'Etat revendiquera l'esprit de résistance de la Grande Russie. L'Eglise se réjouira de se retrouver en pleine gloire. Et les nouveaux puissants pavoiseront, en général ils soutiennent l'Eglise. Et puis il y aura ceux d'en face. Les nostalgiques. Ceux-là seront déchaînés. « Un crachat de plus sur notre passé », voilà ce qu'ils diront.

— Il y en a beaucoup ?

— On les trouve dans toutes sortes de cercles et de clans. Les doctrinaires purs et durs en ont plus qu'assez de voir l'ancien régime accablé de tous les maux. Ceux-là sont prêts à faire le coup de poing. Allez vous promener en face de l'hôtel, sur l'avenue Nevski. Des vendeurs de *Pravda* tentent d'écouler leur journal. Au temps soviétique, il tirait à plusieurs millions. Maintenant, il est proposé à la sauvette. Observez la scène durant quelques minutes. Le vendeur a toujours l'air misérable. Mais les acheteurs sont souvent bien mis. Il y a aussi tous ceux qui se sentent exclus de leur pays. Des gens qui n'ont rien d'excessif. Ils sont nombreux à penser qu'avant, chacun trouvait à se loger et mangeait à sa faim. Les marques de vodka ne changeaient pas tous les trois mois, comme maintenant...

Elle esquissa un sourire :

— Enfin, c'est vous qui décidez. J'imagine que si vous êtes venu jusqu'ici...

— On pourrait déjà voir si le cimetière existe, fit Mathias.

4

Mercredi 19 septembre 2000

Le taxi s'était arrêté devant une chaîne qui barrait la route.
– A partir d'ici, nous devons poursuivre à pied, fit Polia.

Après quelques centaines de mètres, le chemin qu'ils avaient emprunté se transforma en sentier. Ils le suivirent sur un demi-kilomètre, puis repérèrent la clairière et les cerisiers, désormais douze arbres rabougris. A leur droite se trouvait le cimetière, si couvert de ronces, de buissons et de fougères que les stèles se devinaient à peine à travers les plantes.

Ils le longèrent par la forêt et repérèrent les trois chapelles à son autre extrémité. Une dizaine de mètres séparait la première chapelle de la forêt, mais l'accès en était ardu. Ils n'avaient aucun moyen d'éviter les plantes, dont beaucoup étaient épineuses. Mathias passait en premier, aplatissait un buisson du pied, aidait Polia à enjamber l'amas de ronces, et ainsi de suite.

A l'entrée de la chapelle figurait une inscription :

Vassili Alexandrévitch Smirnov 1812-1872
Anna Pavlovna Smirnova 1820-1888

C'était la même exactement que celle indiquée sur le cahier de Nikodime.

Mathias se tourna vers Polia. Les yeux fixés sur les noms gravés, elle avait l'air tétanisée. Le plan et la réalité du terrain étaient en concordance parfaite.

– Allons voir la partie arrière, fit Mathias.

Ils firent le tour de la chapelle et tentèrent de trouver la trace d'une ouverture, mais les ronces étaient si épaisses et drues que cela leur fut impossible et ils décidèrent de rebrousser chemin.

– Nous ne pourrons pas aller plus loin sans autorisation, fit Polia lorsqu'ils s'installèrent dans le taxi. Je voudrais aussi en parler à mon rédacteur en chef. Il a des contacts, il peut nous aider. Mais cela impliquera un battage médiatique. C'est du reste pour cela qu'il nous aidera.

– Qui pourrait mener la recherche ?

– Le maire de Pongarevo. Je ne vois pas qui d'autre aurait autorité. Ses services d'entretien feraient le travail. Un prêtre serait là, forcément. Mon rédacteur en chef, bien sûr, accompagné d'un photographe. Sans doute que le maire voudra se couvrir et fera venir son député. Après quoi, si la moindre pièce est retrouvée, on en fera un drame national. Avec ses héros, ses vilains, et pour finir, une apothéose à la russe.

Mathias resta silencieux.

– Tout cela va vous exposer... Si j'étais à votre place, je me dirais que le mieux serait de laisser le trésor de mon grand-père en paix, dans la crypte d'une petite chapelle envahie par les ronces.

Elle émit un petit rire :

– Si les Grecs ont inventé la tragédie, c'est entendu. Mais sur scène, les acteurs sont russes.

5

Jeudi 20 septembre 2000

A une heure du matin, il appela Dol :
– Je te réveille ?
– A Paris, il n'est que dix heures…
Il lui raconta le voyage à Pongarevo :
– Cette histoire risque de prendre des proportions inattendues.
– Et la journaliste ?
– Impeccable.
Elle hésita à lui demander si elle était jolie mais n'osa pas :
– Tu lui as offert ton livre ?
Il resta silencieux.
– Que vas-tu faire ?
– Je ne sais pas.
– Je te laisse, alors ? fit Dol.
– Et toi, tout va bien ?
Il aurait voulu lui parler de la leçon de tango qui s'était terminée par un slow.
Elle eut un petit rire :
– Oui, oui, ça va !
– Ton ORL ?
Elle rit à nouveau :
– Il fait des progrès.

Ils se souhaitèrent bonne nuit et raccrochèrent, chacun soulagé et déçu d'avoir caché à l'autre ce qu'il aurait voulu lui dire.

6

Lundi 24 septembre 2000

Ils étaient quatre à débroussailler la partie arrière de la chapelle. Une douzaine de personnes les regardaient en silence, les traits tendus.

« C'est sans doute un jour historique », avait dit le maire de Pongarevo à Mathias, avant d'ajouter, « même si on ne trouve que des restes. »

Après que les quatre terrassiers eurent cisaillé et bêché durant un quart d'heure, la surface était nettoyée de ses ronces. Ils se mirent alors à évacuer la terre. Cinq minutes plus tard, deux d'entre eux, ceux qui travaillaient la surface adjacente au dos de la chapelle, s'arrêtèrent soudain de creuser.

– *Pokrytie iz ploskih kamnei !* s'exclama l'un.

Mathias se tourna vers Polia. Elle lui glissa à l'oreille :

– Un tapis de pierres plates.

Un autre ouvrier lança quelques mots, puis le maire ajouta un commentaire.

– Ils disent qu'il y en a plusieurs couches et que c'est bon signe, fit Polia. L'endroit a été bien isolé.

Les ouvriers commencèrent d'ôter les pierres. Ils les mettaient en tas, à deux mètres du trou. Un photographe s'agitait autour d'eux et prenait cliché sur cliché.

Au bout d'un quart d'heure, des traces de paille apparurent entre les pierres. Il y en avait sur trente centimètres d'épaisseur. Les quatre hommes ôtèrent la paille à coups de bêche et découvrirent une grande trappe de bois.

– On ouvre ? fit l'un des ouvriers.
– Vas-y, répondit le maire.

L'ouvrier donna plusieurs coups de bêche avant que la trappe ne cède. Lorsqu'il l'ôta, il y eut un « Oh » de surprise. Elle donnait sur un trou d'environ un mètre de profondeur.

Le photographe continuait de s'agiter.

– Vas-y, ordonna le maire à l'ouvrier.

Muni d'une lampe de poche, l'ouvrier se glissa dans le trou, puis en ressortit deux minutes plus tard.

– Les parois sont tenues par des grosses branches de bouleau liées entre elles et isolées à la paille. Du travail d'expert.

Polia traduisit à Mathias.

– Il n'y a rien ? demanda le maire.
– Non.

L'ouvrier redescendit dans le trou et remonta une minute plus tard :

– Les pierres du mur ont été descellées, puis remises en place à sec. Quelqu'un a accédé à la crypte par ce trou.

Tout se confirmait : le lieu, la tombe, les inscriptions, la trappe, le mur aux pierres descellées, tout. Les objets avaient été mis dans la crypte par l'extérieur, comme l'indiquait le dessin.

Le maire lança un ordre. Un autre ouvrier se joignit au premier, muni de deux cisailles, et ils commencèrent à défaire le mur.

Polia posa la main sur le bras de Mathias :

– D'ici une heure, le rêve de votre grand-père va se réaliser…

Le maire lança quelques mots à Mathias.

– Il se réjouit pour vous, fit Polia.

Au même moment, son rédacteur en chef s'approcha d'elle et ils discutèrent pendant quelques minutes, l'air tendu.

– Il est convaincu que nous sommes sur le point de découvrir quelque chose d'extraordinaire, fit Polia. Il voudrait que vous veniez au journal pour une interview.

Mathias acquiesça sans plaisir, d'un petit mouvement de tête. La perspective de l'entretien le mettait mal à l'aise. Il ressentait la même gêne qu'au bar, à sa première rencontre avec Polia. Cette histoire n'était pas la sienne. Il se sentirait idiot, il le savait par avance, comme un commis venu livrer des fleurs dans un théâtre, qui s'égare et se retrouve au milieu de la scène au moment des applaudissements.

Le photographe était perché sur le trou et prenait des clichés du mur que les deux hommes défaisaient, pierre par pierre.

L'espace libéré faisait environ trente centimètres sur cinquante et déjà on pouvait voir une partie de ce que la crypte contenait.

– Il y a deux cercueils, lança celui qui avait la lampe de poche.

Il y eut un long échange entre lui et le maire. Celui-ci s'approcha du trou, puis se tourna vers Polia et lui glissa quelques mots d'un ton sobre.

– Il ne voit pas autre chose que deux cercueils posés sur châssis, fit Polia. Il est possible que d'autres objets soient entreposés à même le sol. Mais pour s'en assurer, ils doivent entrer dans la crypte.

Les ouvriers continuèrent de desceller les pierres et à les sortir du trou.

Une heure plus tard, l'un d'eux lança :
– Maintenant, je passe.

Il se glissa dans la crypte, pieds en avant. De l'extérieur, on pouvait voir la tache de lumière de sa lampe de poche balayer les parois. L'homme en ressortit deux minutes plus tard, s'épousseta et secoua la tête :
– Le bois des cercueils a été rongé. On voit des ossements à travers les fentes. Sinon, la crypte est vide.

7
Lundi 24 septembre 2000

Dans le taxi qui les ramenait en ville, ils étaient figés, les yeux baissés. Mathias avait le sentiment que des deux, c'était lui qui était le moins déçu.

Il chercha le regard de Polia :

– J'espère que cela ne vous portera pas préjudice.

Elle haussa les épaules :

– En Russie, nous aimons raconter des blagues. Elles nous aident à vivre… Sous l'ancien régime, il y en avait une à propos de ce que nous subissions comme difficultés au quotidien. Quelqu'un avait demandé au chanteur Sammy Davis Jr quel était son handicap au golf. Il avait répondu : « Je suis noir, borgne et juif. » Nous disions que vivre en Russie, c'était comme s'appeler Sammy Davis Junior et vouloir jouer une partie de golf après s'être bandé l'œil valide.

Elle se tut quelques instants, puis ajouta :

– On a tué mon mari, je vis dans une chambre encombrée de vieilleries, mon travail me ramène une misère, je n'ai pas connu d'homme depuis trois ans, et vous me demandez si la mauvaise humeur de mon patron va me porter préjudice…

Il se tourna vers elle et vit qu'elle avait les yeux brillants.

– Je suis navré.

— Oh non. Vous êtes soulagé. Vous allez rentrer chez vous, débarrassé d'une histoire dont vous ne savez que faire, et je vous comprends. Ces drames à la russe sont ridicules. Après tout, cette histoire de grand-père ne vous concerne pas.

— Je suis navré, répéta Mathias.

— Vous me fatiguez, avec vos « je suis navré ».

A nouveau le silence s'installa.

— Vous savez, reprit Polia, il m'arrive souvent d'aller à l'Ermitage voir une toile. Une seule. Par crainte de brouiller mon émotion, je ne m'arrête devant aucune autre. Je monte au salon Rembrandt et selon ma tristesse, je reste devant la toile un quart d'heure ou une heure. Elle représente une jeune femme nue, couchée sur son côté gauche. C'est Danaé. Un angelot l'arrose d'une pluie d'or, et selon la légende, c'est Zeus qui a trouvé cette ruse pour l'ensemencer. Presque toute la surface de la toile est sombre. Mais cette lumière qui illumine le corps de la femme au milieu de l'obscurité, c'est l'histoire de la Russie. Nous cherchons le drame à tout prix, pour le plaisir de la consolation. Nous voulons connaître cet aigu, quel qu'en soit le coût. Ecoutez la suite. Il y a de cela quinze ans, un fou arrose la toile d'acide sulfurique avant de la lacérer. Après une longue restauration, elle est à nouveau accrochée au musée. Ses stigmates sont visibles. Comme les nôtres. Cette toile blessée incarne tout ce qui fait notre âme. La noirceur, dans laquelle nous aimons tant nous cacher, la joie intense, derrière laquelle nous courons comme des damnés, l'enfermement, qui est notre seconde nature, la ruse, aussi, sans laquelle nous ne pourrions pas vivre, les blessures insupportables que nous nous infligeons, et pour finir une sorte de résurrection, qui nous laisse hébétés mais vivants au milieu des morts et des gravats.

Mathias la regardait en silence.

– Pardonnez ma réaction de tout à l'heure. J'en voulais au monde entier. A vous aussi, d'avoir agité un peu de lumière dans le noir. Comme sur la toile.

Elle s'arrêta quelques instants :

– Parler de la Danaé m'a apaisée. Allez, déposez-moi où vous voulez.

Il était toujours tourné vers elle. A ses yeux, l'histoire de Nikodime était son histoire à elle, une histoire russe dont elle ressentait chaque nuance. A lui, petit Français, elle échappait complètement.

Il posa la main sur son bras :

– Qu'est-ce qui vous ferait plaisir ?

– Offrez-moi un whisky. Au bar de votre hôtel, ils doivent avoir les meilleures marques.

8

Mardi 25 septembre 2000

– Ça a dû te changer...

Elle était couchée dans une position sans pudeur, les jambes au-dessus des draps, les mains ramenées sous la tête.

– Me changer ?

Elle sourit :

– Des grandes maigres de ton livre...

La veille, au bar, ils s'étaient posé mille questions. Qui avait fait main basse sur les œuvres ? Impossible de penser que l'histoire de Nikodime avait été inventée de toutes pièces. Trop d'indices concordaient. Et le fait qu'ils n'aient rien trouvé dans la crypte ne faisait que déplacer le problème : ces œuvres avaient-elles été volées ? Vendues ? Mises à l'abri ? Et si oui, par qui ? Pourquoi ceux qui les avaient soustraites de la crypte s'étaient-ils donné tant de mal pour reconstituer le mur ? Si Nikodime avait voulu créer une fausse piste, se serait-il servi d'Irina ?

Polia avait bu quatre whiskys, entrecoupés de : « Mon Dieu qu'il est bon », Mathias avait parlé de la photo de mode, de son père, du bonheur du jour et de son inscription sibylline, « Ce que j'ai de plus précieux », et elle l'avait écouté, l'air absent. Puis, de but en blanc, elle avait lancé en le regardant dans les yeux :

– Il y a une éternité que je n'ai pas senti un sexe d'homme dans mon ventre.

Il s'approcha du lit et lui passa la main sur les seins, avec lenteur.

Elle se couvrit du drap :
– Quand vas-tu partir ?

Il ne répondit pas.

– Si tu me dis que tu souhaites rentrer au plus vite, je le comprendrai. Mais si tu veux connaître le fond de ma pensée, il y a autre chose que tu pourrais envisager.

Que s'était-il passé entre le moment où Nikodime avait vu Irina pour la dernière fois et celui de sa disparition physique ? A l'époque, les exécutions étaient immédiates. Et nombreuses... Des sous-sols de la prison Kresty, un tuyau dégorgeait le sang des victimes dans la Neva... Depuis le quai on pouvait voir l'eau rougir... Mais il arrivait que le régime choisisse de faire un exemple. Il y avait alors un procès autour duquel le Parti organisait une propagande à grande échelle avec la complicité de la presse. La *Pravda* et les *Izvestia* tiraient chacune à des millions d'exemplaires. Le cas de Nikodime réunissait tous les paramètres de transgression que le régime cherchait à monter en épingle. Avait-il eu droit à un procès ? Dans un tel cas, la presse en aurait parlé, c'était une certitude.

– J'ai souvent travaillé sur les journaux de l'époque. Depuis la chute, leur consultation est autorisée.

La Bibliothèque nationale se trouvait à deux pas, place Ostrovski. Il y avait un petit protocole assez ridicule pour s'inscrire, histoire de décourager la curiosité.

– Un reliquat du communisme ? demanda Mathias.

– Ce n'est pas une question de régime. C'est le goût du secret... Nous l'avons dans nos gènes... Si tu veux, on va consulter. Les archives se trouvent dans une annexe, sur le quai de la Fontanka. Là où j'ai jeté ton livre.

Elle éclata de rire.

Il comprit, rit à son tour et la regarda. L'envie de découvrir ce qu'il était advenu des œuvres ne le taraudait pas. Cette histoire n'était pas la sienne. Sans doute qu'il s'en serait détourné avec soulagement. Ce qui le gênait, c'était de savoir avec certitude que s'il refusait, Polia l'aurait jugé.

Alors il dit oui.

9

Mardi 25 septembre 2000

La salle de consultation ressemblait à une classe d'école. Des pupitres à une place étaient disposés par trois sur une quinzaine de rangs. A l'entrée de la pièce, derrière un comptoir long d'une dizaine de mètres, trois employés étaient assis.

La salle était vide.

Polia s'approcha du comptoir et demanda de consulter les *Izvestia* et la *Pravda* de novembre à décembre 1937. Elle l'avait dit à Mathias : « Commençons à novembre. Les procès ne traînaient pas. »

Une demi-heure plus tard, l'un des préposés poussait sur un chariot deux grands volumes reliés de carton brun chiné. Chacun contenait les publications du dernier trimestre 1937.

Ils s'installèrent au fond de la pièce. Polia prit le volume marqué Pravda, chercha l'édition du 1er novembre, et se mit à en tourner les pages. Il y en avait quatre par édition. A la une, les titres des principaux articles figuraient en gras dans un cartouche, tous écrits sur le ton de la propagande ou de la diatribe.

Polia lut les titres de novembre. Il n'y avait rien. Elle se tourna vers Mathieu et chuchota :

– J'ai peut-être raté quelque chose. Je fais décembre, on verra bien.

Au 2 décembre, en page une, un article avec grande photo élevait aux nues une Mme Poukyanova, du *Mouvement des Stakhanovistes à l'atelier de tissage des bas, Fabrique « Le Drapeau Rouge »*. Polia se souvint... La norme de fabrication était fixée à 100, par principe et quel que soit le produit ou l'atelier, histoire d'avoir une référence accessible à la compréhension de tous, à partir de laquelle on pouvait accabler ou pourfendre chacun. Mme Poukyanova était à 160...

A gauche de la page une, le journal titrait : *Grève générale en France*. En dessous, l'éditorial était intitulé : « *Armer nos dirigeants avec la théorie de Marx et de Lénine* ». La page deux était consacrée à un sujet unique : « *La vie du Parti* ».

Lorsqu'elle posa les yeux sur la page trois, son cœur bondit. Sous la signature de Natali Shouravlev, un article s'étalait sur deux colonnes :

Un procès exemplaire

Elle se tourna vers Mathias et à nouveau chuchota :
– On y est ! Je traduis et copie.
Elle posa l'index sur ses lèvres, sortit un bloc de son sac et, les yeux tantôt sur le journal tantôt sur son bloc, elle se mit à écrire avec fébrilité.

Grâce aux efforts de nos services de police, le responsable des vols perpétrés ces derniers mois dans les églises laissées ouvertes par le Parti a été confondu. Il s'agit d'un moine du nom de Nikodime Andreïevitch Kirilenko, natif de Tbilissi, à ses dires, mais où l'on ne retrouve de lui aucune trace. Selon ses aveux, il aurait brûlé les objets volés pour le simple plaisir d'en soustraire la propriété à l'Etat, c'est-à-dire à chacun d'entre nous. Un tel cynisme nous rappelle combien l'église a volé le peuple durant tant d'années, sans vergogne, et combien il est important de rester vigilant à l'égard de forces souterraines aussi perverses.

Plusieurs pièces d'une inestimable valeur ont ainsi disparu, notamment un oklad, volé à la cathédrale de Vladimir, un Pokrov qui appartenait à la cathédrale de Nicolas, et enfin une série de sept icônes anciennes, sans doute les objets les plus précieux de tous, selon un expert que nous avons consulté, qui avaient été volées au monastère de Michel l'Archange.

Au cours de sa dernière expédition, son complice a été tué, suite à une chute. Dans sa mansuétude, le tribunal a condamné le moine Nikodime Andreïevitch à la prison à perpétuité.

– Voyons les *Izvestia* du même jour, fit Polia.
Sa une titrait en grand :

Manifestations antifrançaises à Rome

A droite de la page, un long article était consacré à Kirov, tué trois ans plus tôt, et sur le côté gauche de la page, le journal parlait des « Ingénieurs socialistes ».
Polia ne trouva rien en page deux, si ce n'est la photo d'un soldat casqué qui souriait devant une immense canonnière pointée vers le ciel. La trois montrait une autre photo de soldats, ceux-là devant des tanks. Mais sur Nikodime ou son procès, il n'y avait rien.
Ce qu'elle attendait figurait en dernière page sous la plume de Vassili Novikov, un spécialiste des questions

de doctrine dont Polia connaissait bien les articles de propagande. Le titre s'étalait sur deux colonnes :

Procès d'un moine-voleur

Elle regarda Mathias, fit oui de la tête, et se mit à lire le texte qu'elle transcrivait à mesure en français. L'article reprenait l'information dans les mêmes termes que la *Pravda*. En fin de texte, il donnait un éclairage particulier à la sentence :

Le soi-disant moine Nikodime nous est apparu comme un personnage boursouflé d'orgueil. Il n'est pas exclu que sa condamnation à une peine de prison ouvre la porte à des interrogations ultérieures. Nous avons en effet observé, durant tout le procès, la présence attentive du lieutenant-colonel Anatoli Ivanovitch Ashrakoff, un homme connu pour son patriotisme et son habileté à débusquer les cachotteries des ennemis du peuple.

Polia termina de transcrire l'article, glissa à Mathias : « On y va », et se leva.

Sur le quai de la Fontanka, elle l'embrassa furtivement sur la bouche, puis esquissa un pas de danse.

10

Mardi 25 septembre 2000

Au bar de l'hôtel, elle lui fit la lecture des deux traductions :
– Des disparitions, il y en a eu des millions...
Mathias ne répondit pas. Quelque chose l'irritait. Il demanda à Polia de lui remettre les deux articles. Elle haussa les épaules :
– Si tu arrives à me lire...
Il commença par l'article de la *Pravda*, le lut deux fois, et n'arriva pas à saisir le motif de sa gêne. Il lut celui des *Izvestia*, le relut depuis le début et enfin comprit :
– Ashrakoff... C'est un nom courant ?
– Je ne l'ai jamais entendu. Pourquoi ?
Il resta plongé dans ses pensées durant une minute ou deux, puis d'un coup sursauta :
– Je dois appeler Gilbert.
Il le trouva à l'atelier :
– Le nom du prêtre à qui mon père envoyait ses icônes ? Et le nom de l'église ? L'adresse était marquée sur le papier kraft.
Gilbert revint une minute plus tard :
– Père Ashrakoff... Chapelle des Martyrs du Siècle Nouveau, et rues... (il lut avec hésitation) Mir – go – rods – kaya et Pol – tavs – kaya, voilà....

11

Mardi 25 septembre 2000

Vers huit heures du soir, Polia réussit à joindre Ashrakoff à son domicile. « Il nous reçoit demain à onze heures. »

Le prêtre était « enchanté » à la perspective de connaître le fils d'André, et « navré » d'apprendre le décès d'un si grand ami de l'Eglise russe, un homme de cœur auquel il se sentait « infiniment redevable ».

— S'il n'y a pas de relation entre les deux Ashrakoff, reprit Polia, la visite sera agréable. Ce sera une belle conclusion de ton voyage...

— Et sinon ?

Elle secoua lentement la tête :

— Je ne sais pas...

12

Mercredi 26 septembre 2000

– Prenez place, prenez place !

Léonid Ashrakoff déplaça deux chaises, invita de la main Polia et Mathias à s'asseoir, lança à sa femme un ordre en russe, répéta : « Prenez place », suivi d'un « S'il vous plaît », et ajouta quelques mots à l'intention de Polia.

– C'est tout ce qu'il sait en français, fit Polia.

Ils rirent.

L'appartement d'Ashrakoff était un rez-de-chaussée minuscule situé sur l'île de Vassilevski. Il y habitait depuis deux ans avec sa femme, Galina Petrovna.

Au milieu du salon, une table rectangulaire recouverte de lin blanc avait été dressée comme pour une fête.

– Je ne te traduis pas tout, dit Polia, ils sont honorés, s'excusent de ne pas nous recevoir à déjeuner, d'être à l'étroit, et t'assurent de leur gratitude.

Galina Petrovna leur servit le thé et la conversation s'installa. Ashrakoff raconta à Polia avec quelle joie il avait reçu, un jour de l'année 1993, un colis en provenance de Paris qui contenait deux magnifiques icônes offertes à l'Eglise des Martyrs du Nouveau Siècle par un Français de foi orthodoxe. Il n'avait jamais parlé avec cet homme, mais les renseignements qu'il avait reçus de la rue Daru l'avaient rassuré. Il s'agissait d'une démarche sans souhait de réciprocité, de la part d'un homme qui avait pour l'Eglise russe une affection sans limites. Ainsi, il s'agissait du père de Matfiya[1]...

Ashrakoff le regarda dans les yeux.

Il y eut un silence, puis Polia se tourna vers Mathias :
– Je lui dis pourquoi nous sommes ici ?
– Bien sûr.

Polia se lança dans une longue explication.

Les yeux braqués sur Ashrakoff, Mathias se raccrochait aux quelques bribes qu'il arrivait à capter dans ce que disait Polia : Nikodime.... Kirilenko... Pongarevo... Biblioteka... Pravda... Izvestia... Ashrakoff...

Emportée par son récit, Polia s'exprimait avec une conviction croissante, sans s'apercevoir que face à elle, l'expression de Léonid Ashrakoff se transformait à mesure qu'elle racontait. Mathias lui posa la main sur le bras. Elle se tourna vers lui :
– Il y a un problème ?

Mathias regarda en direction du prêtre. Polia fit de même, comprit qu'il avait changé de physionomie, et lui demanda :
– J'ai dit quelque chose qu'il ne fallait pas ?

Il y eut un silence. Galina Petrovna s'adressa à Polia.
– Elle affirme que le nom d'Ashrakoff est courant, qu'il doit s'agir d'une autre famille.

Galina Petrovna regardait son mari avec une expression apeurée. Enfin Ashrakoff dit quelques mots à Polia.
– Il nous remercie de la visite et nous demande de l'excuser, traduisit Polia. Il a un engagement à son église.

Ils se levèrent, saluèrent le couple et quittèrent l'appartement.

---

1. Mathias, en russe.

13

Mercredi 26 septembre 2000

Léonid Ashrakoff était figé sur son fauteuil. A trois reprises, sa femme lui demanda : « Que comptes-tu faire ? » Il lui répondit chaque fois d'un geste de la main, comme s'il avait voulu chasser une mouche.

Il passa une heure ainsi, immobile. Puis il se leva, alla dans sa chambre, et se coucha sur le ventre, les bras en croix. Il ferma les yeux et rechercha dans sa mémoire tous les détails du soir où, douze ans plus tôt, il avait rendu visite à son père. Celui-ci était en fin de vie, les poumons paralysés par l'asthme.

« Ce que je vais te demander », lui avait dit son père, « je ne le fais pas en tant que ton père. Tu m'as bien compris ? Je te le demande en tant que ton fils. »

Léonid s'était dit que son père délirait, que la maladie avait rongé son esprit. « Ne pense pas que je sois fou », avait repris son père. Puis il avait ajouté : « Tu te souviens de la petite histoire des noisettes ? »

Léonid s'en souvenait, bien sûr.

C'était l'histoire d'un fils devenu adulte et riche, qui voulait exprimer sa gratitude à son père : « Tu as tant fait pour moi. Demande-moi ce que tu veux et je te l'offrirai. » Le père dit à son fils : « Echangeons nos rôles, et prends-moi sur tes épaules. » Son fils s'exécuta. Le père lui demanda alors d'acheter un sachet de noisettes. A nouveau son fils obéit. Le père ouvrit le sachet et en versa le contenu au sol : « J'aimerais que tu les ramasses. » Le fils proposa immédiatement d'acheter un autre paquet. « Non, dit le père. Ce sont ces noisettes que je veux, toutes celles-là et aucune autre. » Chaque fois qu'il racontait l'histoire à son fils, Anatoli Ashrakoff concluait par ces mots : « C'est cela, être un père. Ramasser chaque noisette. »

« Je vais te demander ce qu'un père peut demander de plus difficile à son fils, avait repris le père de Léonid. Nous allons inverser nos rôles. Comme dans l'histoire. Je vais m'adresser au prêtre. Ainsi je deviendrai ton fils et tu recevras ma confession. »

Comme chaque fois qu'il cherchait son souffle, ses bronches s'étaient mises à siffler.

– J'appelle un autre prêtre, avait proposé Léonid. Tu te sentiras plus à l'aise.

– Tu ne m'as pas écouté, avait rétorqué son père. Tu veux acheter un autre sachet de noisettes.

Alors Léonid s'était agenouillé au pied du lit et avait prononcé les paroles qui précédaient la confession :

– Il n'y a ici que nous trois. Toi, moi et Dieu. Mais c'est au Christ que tu te confesses. Je ne suis que son serviteur.

– A lui seul, à travers toi, je fais ici ma confession, avait répondu son père.

Il lui avait alors fait ce récit.

– C'était à la fin de l'année 1937. L'époque des grandes purges. J'étais lieutenant-colonel au NKVD, chargé du camp de Levashovo. On enterrait les fusillés du régime dans des fosses communes, tu le sais. Le camp dépendait de la prison de Kresty. Un jour, j'apprends qu'un dénommé Nikodime Kirilenko s'est dénoncé des vols d'objets sacrés dont avaient parlé les journaux. On me dit qu'il a été interrogé sans succès et qu'il sera condamné à la prison à vie, de façon à pouvoir reprendre les interrogatoires. Je demande alors l'autorisation d'assister au procès, dans l'idée d'interroger Nikodime moi-même. « La force n'a rien donné, c'est un colosse, tu le vois bien », ai-je dit au directeur de la prison, « laisse-moi essayer la persuasion. Après tout, s'il n'a pas brûlé les œuvres, il aura une dernière chance de les restituer aux églises d'où elles ont été dérobées, et d'en faire profiter leurs fidèles. » Le directeur accepta, « mais après le procès, à deux », ajouta-t-il, à la fois par méfiance naturelle et dans le désir d'être associé à une affaire spectaculaire. J'insistai pour y aller seul : il s'agissait de mettre en place un conditionnement psychologique délicat. La présence du directeur de la prison ou de toute autre personne aurait transformé le questionnement intime en interrogatoire brutal et vidé la ruse de sa substance. J'obtins gain de cause, et deux jours après le procès, on me mena aux sous-sols situés entre les deux grands corps de bâtiment, dans une petite pièce attenante aux salles d'exécution. Elle était aveugle et n'avait aucun mobilier. Nikodime s'y trouvait déjà. Il me regarda dans les yeux, sans broncher, puis leva lentement sa main gauche. Elle était rouge de sang. Ses doigts, enflés et déformés, avaient été cassés tous les cinq et n'avaient plus d'ongles. Je soutins son regard et je lui dis : « Je suis ici pour t'aider. » Il ne bougea pas d'un millimètre, les yeux toujours dans les miens. Je lui dis encore : « Si tu me révèles où tu as caché les trésors de notre sainte Eglise, je les protégerai. » Il me sourit et me demanda si je le prenais pour un demeuré. Alors, de toute ma force, je lui racontai mon histoire.

Léonid la connaissait, bien sûr. En 1922, au moment des premières purges, son père venait de prendre la tonsure. Comme des milliers d'autres hommes d'église, il s'était enfui de son monastère et avait caché son passé, pour pouvoir gagner sa vie comme fonctionnaire.

– Il me mit à l'épreuve, reprit Anatoli, et me posa les questions rituelles que pose le père au novice, au moment des vœux : « Qu'es-tu venu faire, à t'incliner devant le saint autel et cette sainte confrérie ? » Je me souvenais de la réponse et la lui donnai : « Parce que je souhaite la vie monastique et ascétique, vénérable père. » Nous étions debout, l'un face à l'autre, dans cette pièce de pierre aveugle et glacée. Nos visages se touchaient presque. Nikodime poursuivit : « Souhaites-tu vraiment être digne de cette vie angélique et devenir un membre de la confrérie des moines ? » Je répondis comme il le fallait. Il écouta ma réponse, me regarda dans les yeux, et lança : « J'admets que tu étais moine. Et alors ? Qu'est-ce qui me prouve ta bonne foi ? » Je lui répondis : « Je suis moins que le diable, tu me le concéderas. Et toi, tu es moins que le Christ. Nous sommes donc plus proches l'un de l'autre que ne l'étaient Jésus et le Malin dans le désert, lorsque Jésus a fait confiance à l'homme. C'est cela, être chrétien, tu le sais. Confier une tâche à celui qui est faillible. Comme l'a fait le Christ avec Pierre. Si tu ne me fais pas confiance, ici, maintenant, dans les cinq minutes, les gardes viendront. Après quoi il sera trop tard, et ce que tu as sauvé sera perdu pour toujours. »

Anatoli s'était arrêté, le souffle traversé de sifflements. Léonid lui avait demandé : « Tu veux te reposer ? » Son père lui avait répondu : « Tu me proposes d'interrompre ma confession pour une complaisance ? »

Après quoi il avait repris son récit.

– A cet instant, Nikodime me défia du regard. Cela peut te sembler étrange qu'un prisonnier torturé, la main broyée, défie qui que ce soit. Mais ce Nikodime était une sorte de surhomme... Il me lança : « Etais-tu prêtre ou seulement moine ? » Sans en deviner le motif, je sentis qu'à cet instant c'était pour lui quelque chose d'essentiel, et que je devais mentir. Je lui affirmai que j'étais prêtre. Alors il me regarda dans les yeux, longuement, puis dit : « Je te propose un pacte. Je t'indiquerai où est caché le trésor. Mais avant, tu recevras ma confession. » Je lui dis que j'acceptais le pacte, et prononçai ces mêmes mots avec lesquels tout à l'heure tu m'as reçu :

« Il n'y a ici que nous trois. Toi, moi et Dieu. Mais c'est au Christ que tu te confesses. Je ne suis que son serviteur. » Alors Nikodime se confessa :

J'ai péché. Ma vie durant, j'ai péché et péché encore, comme si le diable s'était installé en moi. J'ai grandi avec Macha, ma cousine. Dire que je l'adorais, ce serait dire peu. Nous étions plus unis que frère et sœur. Plus unis que deux jumeaux. Nous vivions ensemble. Nous jouions ensemble. Nous nous disions tout. Chacun inventait des secrets pour le plaisir de les partager avec l'autre seulement. Mais au fil des ans, nos jeux changèrent. Des gestes nous échappaient. Nos rires s'entrecoupaient de silences, de peurs et de désirs. Jusqu'au jour où nos désirs devinrent trop forts. Soudain, ils s'enhardissaient tant que nous nous retrouvions chaque jour un peu plus dénudés. Fous d'envie et d'angoisse. Macha défaisait sa robe, elle me montrait sa poitrine, les yeux fiévreux, elle voulait que je la caresse. Elle sentait mon sexe durci contre sa cuisse. Un jour elle me chuchota à l'oreille : « Jamais je n'aurai assez de place pour toi dans mon ventre » et je lui dis « on essaie » et elle rit. On a essayé, bien sûr. Nous n'attendions que cela. Depuis des mois nous vivions dans cette angoisse. Elle se mit à crier. Alors je pris peur. Et de peur j'ai serré mes mains sur sa gorge, pour qu'elle cesse de crier, et quand j'ai desserré les mains, parce qu'elle ne criait plus, elle avait cessé de vivre. Je me suis enfui. De toutes mes forces, j'ai tenté de me libérer du Seigneur. De me convaincre qu'il n'y avait ni Dieu ni Satan. Mais cela me fut impossible. Ma foi imbibait chaque partie de moi. Les odeurs de la maison et ses lumières me hantaient. Les couleurs et les chants de mon enfance, les prières faites dix fois chaque jour, les bénédictions, les Tréby, la prière du Saint-Esprit, chacun de ces souvenirs me revenait, sans cesse. Alors, après six mois d'errance, de vols, de mensonges et de douleurs, je sonnai à Saint-Eustache, dans l'espoir de trouver un apaisement. Bien sûr, il n'est jamais venu. Je n'ai jamais eu la force de confesser mes péchés. Igor, notre père igoumène, m'aurait excommunié pour dix ans au moins. Que serait devenue ma vie ? Je n'aurais plus eu droit de servir l'autel, tu le sais. Et rien n'aurait plus eu de sens. Alors je me suis enfermé dans le mensonge, et en cachant mes péchés à chaque confession, j'en ajoutais un autre. Et puis j'ai cédé à la tentation avec Irina, car j'avais toujours le diable en moi, malgré le lac où je me plongeais chaque jour jusqu'à ne plus sentir mes membres, et plus tard, malgré le Calvaire que je gravissais chaque jour deux fois, pour me vider de mes forces et de mes désirs. Mais le diable ne me lâchait pas. Il me hantait le jour, il me hantait la nuit, et ainsi j'ai péché devant la beauté d'Irina, et me voilà devant toi et le Christ avec tous ces péchés que j'ai commis, parce que Satan a fait de ma vie ce qu'il a voulu.

Je posai la main sur sa tête et dis : « Que Dieu te pardonne. » Alors il m'indiqua le cimetière de Pongarevo, la chapelle des époux Smirnov, la crypte, et ce qu'il y avait dedans. Je lui dis qu'ainsi notre pacte était respecté. Mais il leva à nouveau sa main gauche ensanglantée et dit :

Si je sors vivant de cette pièce, qui te dit que je ne vais pas flancher ? Que je résisterai encore à la torture ? Que je ne dirai pas où sont les trésors que j'ai soustraits, et aussi qui tu es ? Ce que tu étais ?

Je lui demandai ce qu'il voulait de moi. Et il me répondit :

Si maintenant je tends mon bras en direction de ton pistolet, que je te l'enlève, que je me soustrais à la tentation de céder, que je m'ôte la vie, que feras-tu ?

Je réagis avec colère : « Tu viens de te confesser et déjà ce que tu me demandes n'est pas chrétien ! » Il continuait de me regarder dans les yeux. Quelques instants passèrent. Puis il tendit la main droite. Je restai tétanisé par tant de folie. Il sortit mon pistolet de son harnais. J'agrippai sa main, et dans la confusion je hurlai « Non ! Non ! ». Le coup partit comme il le voulait, comme sans doute je le voulais aussi, et Nikodime quitta la vie, ses yeux dans les miens, avec dans le regard un mélange d'accablement et de gratitude, comme s'il avait voulu à la fois dire au Christ : « Pardonne-moi », et à moi : « Merci de ne pas me faire souffrir. » Et de cette mort, je me confesse à toi, mon père.

Léonid avait alors posé la main sur la tête de son père et avait dit : « Que Dieu te pardonne. » Il s'était ensuite penché sur lui pour l'embrasser, et celui-ci s'était aggrippé à lui et l'avait attiré contre lui en rassemblant toutes les maigres forces qui lui restaient, et ils s'étaient retrouvés dans les bras l'un de l'autre, couchés l'un près de l'autre, chacun le père et en même temps le fils de l'autre.

14

Mercredi 26 septembre 2000

— Je devais avoir dix ou douze ans lorsque je venais jouer ici.

Ils étaient assis sur l'un des bancs de la place des Arts.

— Nous habitions rue Nekvasova, là où j'ai ma chambre maintenant, dans le même appartement communautaire. Ma mère répétait que nous avions de la chance de vivre une période heureuse pour notre pays, qu'avant l'ère soviétique les gens étaient malheureux. Je me disais que c'était curieux, car les maisons construites dans le passé étaient si élégantes, si joyeuses, et les nôtres si grises et tristes…

Elle sourit :

— Nous étions deux Polia dans l'appartement… Mais nous n'avions pas le même prénom ! Il y avait Apollonia et moi, Polina. Les deux noms ont le même diminutif, et cela créait un peu de confusion. Nous avions décidé qu'ici, entourées de tous ces palais, c'était la scène d'un théâtre, et que nous avions le droit de jouer au prince et à la princesse.

Elle se mit à rire :

— Nous avions toujours une petite terreur au creux du ventre. Comme si nous risquions d'être dénoncées pour trahison… Dès que quelqu'un s'approchait, nous nous figions, comme deux statues. Bien sûr, les histoires de princes et de princesses faisaient partie de la tradition. Mais nous voyions nos parents sans cesse anxieux d'être dénoncés, même s'ils ne faisaient rien de mal. C'est comme la poudre de marbre, la terreur... elle s'infiltre partout dans la vie des gens... Je crois bien qu'aucune de nous deux n'a jamais dit à personne que nous jouions au prince et à la princesse...

Elle se tourna vers Mathias, l'air grave :
– Tu es content de rentrer ?

Tout était doux en elle. Son corps, ses gestes aussi, et la façon qu'elle avait de le regarder.

Il approcha son visage du sien et l'embrassa sur la commissure des lèvres :
– Viens.

A l'hôtel, un message téléphonique attendait Mathias :

Please ask Mrs. Polia to call father Ashrakoff.

15

Mercredi 26 septembre 2000

– Je vous dois une explication, fit Léonid.

Ils étaient à nouveau assis autour de la table rectangulaire. Ashrakoff s'excusa : les souvenirs que leur visite avait déclenchés étaient douloureux. Mais ce qu'avait fait Andréï pour l'Eglise de Russie relevait du sacré, et sa dette à son égard était immense :

– Dites-le à Matfiya. Chez nous, l'icône n'est pas un ornement, comme chez les chrétiens de Rome. Elle est au cœur de notre foi. C'est devant nos icônes que nous déposons nos fardeaux. Elles nous tiennent unis, nous autres Russes de toutes les couleurs que nous sommes...

En leur offrant ses icônes chargées d'espoir et de joie, Andreï les avait soutenus dans l'exercice de leur foi :

– Que le Seigneur le reçoive dans sa Maison et le bénisse, poursuivit Ashrakoff. Prions.

Il se leva, Polia et Mathias firent de même, et Léonid prononça une courte prière. Après quoi il se signa trois fois, se rassit, et raconta la confession de son père.

A Levashovo, les camions déversaient les cadavres à même les fosses creusées par les gardes. Cinquante à cent corps chaque jour... A l'époque, trois petites baraques situées à l'entrée du camp étaient en construction. Le bâtiment du centre devait héberger les gardes permanents, celui de gauche allait servir d'atelier, et dans celui de droite, le plus petit des trois, ils avaient prévu la cuisine et l'économat.

Ashrakoff eut un geste des mains, comme pour implorer le pardon :

— C'est ce bâtiment que mon père décida d'excaver.

Sur l'un des murs du sous-sol, il fit installer un bouteiller qui cachait l'accès à une partie ultérieure du sous-sol, excavée elle aussi. C'était là qu'il avait déposé les objets sauvés par Nikodime.

— Pourquoi les a-t-il transférés à Levashovo ? Sans doute pour s'assurer de leur survie, car là où Nikodime les avait déposés, les risques d'effraction ou de pourrissement étaient grands. Comment avait-il réussi à les ramener de Pongarevo à Levashovo, je ne le sais pas. Il faudrait aller plus loin.

Il soupira et s'arrêta, les traits défaits. Prise par le récit, Polia n'avait rien traduit. Elle secoua la tête :

— Et maintenant, tout est là ?

Léonid haussa les épaules :

— Si du temps de mon père, l'un ou l'autre des préposés avait soupçonné quelque chose, il se serait sans doute servi.

Il se tut, secoua la tête, et poursuivit, les yeux dans le vide.

Une chose l'avait frappé. Son père lui avait dit : « Nous murmurions les stichères et plantions des croix minuscules. » Il était à ce moment dans un tel état de trouble qu'il n'avait pas eu la force de l'interroger. Les stichères se chantaient à la mort d'un martyr. Les fusillés enterrés dans les fosses communes de Levashovo n'étaient rien d'autre... Ce qui l'avait frappé, c'était le « nous » utilisé par son père. Peut-être n'était-il pas seul parmi les gardes à être croyant... L'une des équipes était-elle constituée de croyants ? D'anciens prêtres ? D'anciens moines ? Comment savoir ? Ils étaient près de deux cent mille à vivre en religion, au moment des premières purges. Tous n'avaient pas été tués. Peut-être s'agissait-il d'anciens d'un même monastère qui se seraient retrouvés ? Son père lui avait aussi dit : « Pour Nikodime, j'ai fait ce que j'ai pu. » Qu'avait-il voulu dire par là ? Léonid ne le savait pas. Son père était en train de rendre son dernier souffle, il lui racontait une histoire impensable, et lui-même était dans un désarroi total...

Il regarda Mathias dans les yeux, puis se tourna vers Polia :

– Traduisez à Matfiya, je vous prie.

Pendant une heure, Polia parla. Mathias demanda :

– Qu'entend le père Léonid par « aller plus loin » ?

Polia traduisit.

A nouveau Ashrakoff soupira :

– Le camp appartient à la municipalité de Viborg. C'est elle qui détient l'autorité d'une intervention. Vous devriez prendre contact avec son responsable de la Culture et des Sports, Ivan Karazine, un nostalgique de l'ancien régime, ancien champion de boxe. Ce n'est pas quelqu'un de facile.

– Je le connais, fit Polia. Il préside une association, *Déti Rossii*[1].

– C'est lui. Ils sont beaucoup à ne pas être heureux dans notre nouvel ordre... Je suis de ceux qui leur trouvent des excuses... Quand on voit comment vivent les gens aujourd'hui... Enfin... C'est avec Karazine que vous devrez traiter, si vous voulez aller plus loin.

Il prit les mains de Mathias dans les siennes et le regarda dans les yeux :

– Grâce à vous, je me suis libéré d'un fardeau immense.

Puis il le prit dans ses bras et le serra contre lui.

---

1. Les enfants de Russie.

16

Lundi 2 octobre 2000

Ivan Karazine éteignit la télévision d'un geste brusque. Ce commentateur n'était qu'un imbécile. Et un menteur ! Qu'est-ce qu'il en savait, de « la tenue exceptionnelle de nos athlètes à Sydney » ? Est-ce qu'on ne leur apprenait pas l'arithmétique, dans leurs écoles de journalisme ? Quatre-vingt-huit, aux dernières nouvelles, ça faisait moins que quatre-vingt-dix-sept. Aux dernières nouvelles…

La comparaison chiffrée l'apaisa. Il aimait compter. Même à l'école… Nul partout, mais bon en chiffres ! Les chiffres, c'était du solide. Du dur. Comme la boxe. Un chiffre, c'était un chiffre. Point final. Et quatre-vingt-huit, ça faisait toujours moins que quatre-vingt-dix-sept !

Il soupira. C'était fini, la grande époque. Lorsque URSS était un nom synonyme de puissance… De gloire… Un nom pas très aimé, forcément. Mais respecté ! L'époque où l'hymne national russe était une ritournelle aux Jeux olympiques…

Il se mit à fredonner d'une voix de basse :

Tarira rarira….

Mais il s'arrêta après quelques notes. L'hymne national, c'était sacré. On ne le fredonnait pas à la légère.

Quatre-vingt-dix-sept médailles pour les Américains ! Tout était dit.

Le pays allait au diable, point final. A Rome, en 60, c'était cent trois à soixante et onze, mais dans l'autre sens ! Quarante-trois médailles d'or ! Les Américains en avaient obtenu trente-quatre. L'URSS, quarante-trois ! Au total, cent trois à soixante et onze ! Pas besoin d'explication. Et ils auraient pu aller à cent quatre...

Combien de fois n'avait-il pas revécu la scène en quarante ans ? Quarante fois trois cents jours par an, en chiffres ronds, cela faisait douze mille, donc, avec trois cent soixante-cinq jours par an, en gros quinze mille. Disons qu'il repensait à la scène vingt fois par jour. Résultat : trois cent mille.

Il avait donc revécu la scène trois cent mille fois... Deuxième reprise et une erreur de gamin... Impardonnable. Il l'avait, la médaille de bronze ! Autour du cou ! Quartey, c'était un enfant de chœur, comparé à lui. Beau spécimen, mais enfant de chœur quand même. Une feinte, et la médaille lui fait la nique. Et quelle feinte... D'un coup, voilà que Quartey se met en fausse garde ! Ce crétin de Quartey ! Il le blouse ! A une minute trente de la fin du combat ! Par une fausse garde ! Le temps qu'il comprenne ce qui se passe, Quartey lui file un direct du gauche et l'envoie au tapis. Compté à dix, comme un bleu.

Il soupira. Il était cent fois plus fort que le Ghanéen. Mille fois ! Sur le plan technique plus encore que sur le plan physique. Cela dit, sur le plan physique, il n'avait rien à lui envier... Rien de rien !

Il se souvint de ses entraînements. A la corde, des séries de mille... Un quart d'heure à sautiller à toute vitesse. Et sans ressentir la moindre fatigue ! Il riait ! Et au sac... Des séries de cent paires, de toutes ses forces, gauche-droite, gauche-droite, gauche-droite... Et les jabs[1]... Par séries de dix répétées dix fois chacune, d'abord à gauche, puis à droite...

Rien que d'y penser, cela lui déclenchait des envies de taper...

Il aurait pu monter en poids, avec cette puissance. Mais chez les superlégers, il avait tout. La vitesse et la puissance. Il chercha dans ses souvenirs le nom de celui qui avait gagné l'or...

Il avait de plus en plus de difficulté à se souvenir des noms... Il fut un temps où il aurait répondu à la seconde... Bomil ! Oui, Bomil ! Non ! Bohumil ! Voilà comment il s'appelait. Non... Bohumil, c'était son prénom ! Němeček ! Bohumil Němeček ! Un bon technicien, Němeček, sans plus. Pas un cogneur. Lui était les deux ! Technicien ET cogneur ! En finale, il aurait gagné.

Ses crochets du gauche... Si quelqu'un en encaissait un, il allait au tapis en train express... Paf ! C'était tout son corps qui pivotait d'un seul bloc. L'épaule, le coude plié à l'équerre, le bras, et dans son prolongement parfait, le poing. Un bloc d'acier... Voilà ce que c'était, un crochet de Karazine. Un bloc d'acier qui allait à la vitesse d'un train express.

Cela dit, il s'était fait entourlouper comme un bleu par un crétin qui soudain avait pris la fausse garde... La bêtise d'une vie... Après quoi, c'était prof de gym à l'Ecole 65 de Viborg au lieu de se retrouver entraîneur de l'équipe nationale... Sacrée carrière. Trente ans à faire courir des mauviettes. Heureusement qu'il avait pris sa retraite. Des pédés, voilà ce qu'étaient devenus les garçons...

---

1. Petits directs très rapides.

Ce pays allait au diable.
Et maintenant, cette journaliste qui voulait le voir à propos de Levasiovo... Mais ils n'avaient pas honte, ces gens, de passer leur temps à cracher sur leur patrie ?

17

Mardi 30 octobre 2000

— A votre avis, demanda Karazine, dans quel pays vivons-nous ?

Polia le regarda avec inquiétude. Depuis une demi-heure qu'elle et Mathias étaient dans le bureau de Karazine, elle n'avait à aucun moment vu dans ses yeux autre chose que de la violence.

Elle l'avait déjà interviewé, une première fois à l'occasion d'élections municipales, puis deux autres comme président de l'association « Les enfants de Russie ». Chaque fois, il lui avait paru au bord de l'explosion.

— Pourquoi me posez-vous cette question, Ivan Grigoriévitch ? Nous vivons en Russie. Qu'est-ce qui pourrait mettre cela en doute ?

— Vous me demandez ce qui pourrait mettre cette vérité en doute ? Vous osez cela ? Est-ce que vous vous rendez compte du sens de votre démarche ?

Il quitta sa chaise :

— Je n'en ai rien à faire, de vos photocopies ridicules ! Ni des confessions délirantes d'un prêtre débile ! Vous et votre Français ne voulez qu'une chose, diviser notre peuple ! Diviser, diviser, et encore diviser ! Vos prêtres et leurs sigmagrées, qu'ils aillent au diable ! C'est leur grand ami, non ? Ils l'agitent comme un épouvantail, et hop, tout le monde tremble et se couche !

Il s'arrêta quelques instants, les yeux hagards :
– Vous ne croyez pas que notre peuple a assez souffert ? Vous voulez ouvrir Levashovo… Pourquoi ? Pour dire au monde : « Regardez comme ils étaient méchants, les communistes ! Regardez comme ils ont fait souffrir les gentils petits moines ! »

Il s'arrêta à nouveau, le souffle court :
– Vous devriez avoir honte ! Qui êtes-vous ? Des agents de Rome ? Des Américains ? Des Juifs ? Je ne sais pas qui vous êtes, mais je sais qui vous n'êtes pas. Vous n'êtes pas des patriotes ! Alors je vous le demande une fois encore, madame la journaliste, dans quel pays sommes-nous ? Parce que si par hasard, je dis bien, par le plus grand des hasards, nous nous trouvions en Russie, et que vous étiez une enfant de ce pays, pouvez-vous me dire pourquoi vous vous acharnez à l'insulter ?

Mathias se tenait immobile sur sa chaise, tétanisé par la violence de Karazine.

Polia leva les deux mains dans l'espoir de se faire entendre, mais elle ne fit que déclencher un autre torrent :
– Je n'en ai que faire, des trois icônes que vous allez sortir de qui sait quel trou. Il y a déjà trop d'icônes, en Russie ! Il y a plus d'icônes que de rats ! On ne sait plus où les mettre, vos icônes ! Et vous venez me dire que le père de ce monsieur en envoyait depuis la France… Est-ce qu'on leur envoie du foie gras, aux Français ? Répondez ! Est-ce qu'on leur envoie des robes et des parfums ? Qu'ils se mêlent de leurs affaires ! Et qu'ils nous laissent vivre en paix, après tous les malheurs qui nous sont arrivés ! Et vous aussi ! Laissez Levashovo tranquille !

Polia se tourna vers Mathias :
– Partons vite.

Ils se levèrent, mais cela ne calma pas Karazine :
— C'est ça, filez comme des rats ! Et n'oubliez pas ceci, madame la journaliste : Vous faites un métier dangereux ! Soyez prudente ! Un accident est vite arrivé !

18

Mercredi 4 octobre 2000

Polia était étendue sur le lit dans la position qu'elle affectionnait, les genoux pliés, sans souci de pudeur :
— En Russie, les ténèbres ont toujours le dernier mot. Et nous, les Russes, nous ne demandons que cela.
Elle soupira :
— Je te l'ai dit au retour de Pongarevo, laisse la mémoire de ton grand-père en paix.
Mathias la regarda. Elle était tout d'un bloc. Elle avait des jambes trop fortes, des cuisses larges, un ventre épais. Mais on aurait dit que son corps était embelli par sa fatigue. Elle l'assumait, comme elle assumait le reste.
— En France, en Allemagne, sous le fascisme, les artistes se sont tus. Chez nous, on dirait qu'ils se sont épanouis.

Elle se mit à réciter quelques vers en russe.
— Le Requiem d'Akhmatova, tu connais ?

> *C'était le temps où le seul à sourire*
> *Etait le mort, heureux d'être en repos*

Elle lui lança d'un air de défi :
— Tu tiens le coup ? Je continue ?

*Léningrad n'était plus qu'une annexe inutile
Attachée à ses morts.*

— Tu vois ? Akhmatova, Mandelstam, Chostakovitch, Soljenitsyne, Grossmann... Ils ont livré des chefs-d'œuvre sous le pire des jougs. Tu trouves ça normal ?

Elle éclata de rire :

— Nous sommes tous piqués, voilà pourquoi ! Assez bavardé, j'appelle Ashrakoff, je le mets au courant et on oublie tout ça.

Il ne réagit pas. Il pensait à Karazine et se disait qu'il aurait dû le photographier.

19

Vendredi 6 octobre 2000

Assis à la table de sa cuisine, Léonid Ashrakoff tendit le bras et alluma le réchaud à gaz. « Elle est minuscule, mais c'est la cuisine la plus pratique du monde », se plaisait à répéter Galina Petrovna, un peu par plaisir de se plaindre, et beaucoup pour ne pas oublier que depuis deux ans, elle avait une cuisine à elle seule et que c'était là un immense bonheur, après avoir partagé les odeurs et les humeurs des autres durant trente-huit ans. Elle avait raison. Où qu'elle se trouve, elle pouvait d'un geste atteindre l'évier, les armoires ou la cuisinière.

Léonid versa l'eau bouillante dans la théière, allongea les jambes et soupira. La visite de ce Français le plaçait au bord du gouffre.

Durant toute sa vie, il n'avait cessé de se dépenser. Il courait à gauche, à droite, faisait les administrations, patientait dans les queues pour arracher un papier, se battait pour obtenir une place dans un hôpital, parlait, rassurait, consolait, confessait… Il aidait avec humilité, au jour le jour, par une myriade de petites besognes menées dans la peur, la précipitation et le doute.

Mais de grande action, il n'en avait jamais commise. La possibilité d'aider d'un coup mille, dix mille fidèles, ne s'était jamais présentée.

La vanité de cette pensée lui fit honte. Plutôt que de chercher l'occasion de se glorifier, il devait remercier le ciel de l'avoir fait prêtre ! D'être à même de soulager son prochain dans son quotidien le plus humble. De l'aider à se relever, à se confesser, à extirper un peu de la souillure qu'il avait en lui, et à guérir dans le Christ.

Un travail qu'il accomplissait sans compter les forces qu'il y engloutissait, même s'il savait que pour beaucoup, elles se perdaient dans des méandres inutiles. Mais lorsqu'il voyait un repas arriver à bon port, un malade soigné aussi bien qu'il pouvait l'espérer, ou un pénitent éclairé par la communion, il se disait que sur cette terre, il servait à quelque chose. Et lorsque chaque matin, il quittait l'île de Vassilievski pour la rue Poltavskaya, il savait que malgré les échecs, les rebuffades et les tristesses qui l'attendaient, il ressentirait dix fois, dans le secret de son cœur, un pincement de joie à l'idée que par la grâce de Dieu il travaillait pour les autres, et qu'il pouvait y jeter toutes ses forces.

Bien sûr, les églises étaient ouvertes, désormais. Chacun pouvait entrer et prier tant qu'il voulait. Mais Satan était toujours là, et le troupeau continuait de vivre sous sa menace.

Qui était Satan ? Qui lui avait ouvert la porte de l'Eglise ? Léonid le savait bien… Satan et le troupeau ne faisaient qu'un. Les plus grands péchés avaient été commis par le peuple russe contre lui-même. Et ces péchés restaient enfouis dans les plis de sa mémoire, prêts à contaminer ce qu'il restait d'elle.

Le peuple n'avait pas pris acte de ce qu'il s'était infligé. A l'entendre, ce n'était pas lui le responsable des massacres. Mais qui, alors, si pas lui ? Personne, bien sûr ! Pas les paroissiens de la rue Poltavskaya, ni ceux de Saint-Nicolas, de Saint-Vladimir, ou encore de

Saint-Job. Mais alors qui ? Les autres ! Quels autres ? Tous les autres !

Il fallait que le pays accepte son crime et se confesse. Bien sûr, mettre en lumière les douleurs du passé, c'était raviver les souffrances. Mais sur ces souffrances pourrait naître une rédemption dont le trésor de Levashovo offrait l'occasion. Il pouvait permettre au peuple de s'assumer. De se libérer de son propre joug. De trouver une liberté à laquelle il n'avait jamais eu accès. L'heure était venue de rappeler les crimes mais aussi les miracles ! De montrer qu'à l'image de Nikodime, il y avait en chaque Russe un damné et un martyr. Que chacun détenait en lui une parcelle de lumière à partir de laquelle le Christ pouvait l'éclairer à nouveau. Mais il fallait creuser à Levashovo, car là était enfouie cette parcelle de lumière. Dieu l'avait choisi pour accomplir cette tâche sacrée, lui, simple prêtre, et son devoir était de répondre à cet appel.

Oui, Dieu l'avait choisi, et il se sentit soudain d'une force inouïe.

Karazine refusait de creuser ? Soit. Il allait alerter l'opinion... La presse écrite ! D'une certaine manière, c'était la moins éphémère. L'article serait lu, commenté, partagé... Mais qui était-il pour savoir comment faire, si le journaliste décidait d'étouffer l'information ? Ou de la banaliser ? Après un article médiocre, personne n'en voudrait plus... Il fallait exposer l'affaire en direct... Sans manipulation possible...

L'idée le frappa comme l'éclair. La solution, c'était l'émission de Nievzorov. *Shestsot sekound* sur Piati kanal[1]. Dix minutes de direct sur un seul sujet, et des spectateurs par millions... Il aimait les coups, Nie-

---

1. « 600 secondes », l'émission la plus populaire de Russie, sur Canal Cinq.

vzorov... Il savait y faire, pour monter une affaire en épingle... Ah, s'il acceptait...

Il imaginait Nievzorov en train de découvrir les photocopies du journal de Nikodime à l'écran lorsque son regard tomba sur sa tasse de thé. Il l'entoura de ses doigts et fut surpris de constater qu'elle était encore chaude. Il lui avait pourtant semblé qu'il était assis à la table de sa cuisine depuis longtemps.

20

Vendredi 6 octobre 2000

– J'étais inquiète.
La voix de Dol était à peine audible.
– Ashrakoff dit qu'il va nous aider.
– Sinon, tu es content ?
– On verra au révélateur…
Elle rit, contente de retrouver une complicité.
– Et sinon ?
– Ça va. Toi ? Le studio ?
– Très bien, oui, très bien.
– Ton M. Delbarre ?
Elle rit :
– Toujours le même ! Allez, je t'embrasse !
– Je t'embrasse aussi, fit Mathias.

21

Jeudi 12 octobre 2000

Polia et Mathias étaient assis au bord du lit, les yeux à un mètre à peine de l'écran.

Mesdames et Messieurs, bonsoir. Et merci d'être fidèles à 600 secondes.

Le visage d'Alexandre Nievzorov occupait tout l'écran. Les yeux fixés sur la caméra, il parlait avec gravité :

Ce soir, nous espérons mériter votre fidélité plus encore que d'habitude. Car si notre invité est exceptionnel – bonsoir père Léonid Ashrakoff – le document qu'il nous présente est, disons-le, encore plus exceptionnel, n'est-ce pas, mon père ?

D'un signe de la tête, Léonid approuva.

Chacun connaît...

Nievzorov rappela en quelques phrases les massacres subis par l'Eglise durant le bolchévisme :

Des gens ont péri. Des œuvres sacrées ont été détruites. Mais d'autres ont été sauvées, grâce aux actions d'hommes courageux. Le frère Nikodime était l'un d'eux. Racontez-nous son histoire et celle de la confrérie qu'il a créée en 1937, la Confrérie des Moines Volants

Léonid raconta. Il parla des statuts pendant que l'image des photocopies passait à l'écran. Lorsqu'il décrivit quelques-uns des biens sauvés, la caméra s'attarda en gros plan sur leur liste, rendant tour à tour lisibles plusieurs de ses lignes, en particulier celles qui disaient :

Encensoir d'argent ciselé – Eglise du Christ Saint-Sauveur, Toksovo – 10 octobre 1937 – Frère Piotr

ou encore :

Oklad – Cathédrale Saint-Vladimir – 5 novembre 1937 – Frères Iossif, Piotr, Vladislav, Nikolaï, Serghey

Polia posa la main sur le bras de Mathias :
— Il va se passer quelque chose d'énorme.

Et dites-nous, cher père Léonid, comment vous êtes-vous procuré ce document ?

Ashrakoff raconta l'histoire d'Irina, d'Andreï, qui peignit de si belles icônes, et de Matfiya, son fils, venu au pays de ses ancêtres russes chargé d'espoir, de sa déconvenue enfin, après que des fouilles aient été entreprises à Polgarevo.

Et vous, père Léonid, vous auriez pu dire par avance que ces fouilles n'auraient rien donné, car vous êtes

225

dépositaire d'un extraordinaire secret que vous allez nous révéler ce soir, sur 600 secondes, en direct pour nos téléspectateurs, n'est-ce pas ?

Le visage de Léonid apparut en gros plan à l'écran, et son regard exprimait, à cet instant, une tristesse infinie.
Il commença de raconter l'histoire de son père.
Alexandre Nievzorov l'interrompit :

D'habitude, notre public manifeste sa joie, son enthousiasme, ses émotions. Il participe à l'émission, la bouscule. Vous remarquerez, cher père Léonid, combien ce soir il est silencieux. Combien il est suspendu à vos lèvres. Je vous en prie, continuez.

– Mon père et frère Nikodime se sont connus à la prison de Kresty, poursuivit Léonid.
Il révéla le passé monastique de son père, le pacte proposé par Nikodime et la crypte de Pongarevo. Il n'omit qu'une seule chose : l'histoire de Macha. Elle resterait enfouie pour toujours, doublement scellée dans le secret des deux confessions.
L'écran le cadra en gros plan. La tension et l'émotion marquaient son visage.

A partir de là, reprit Nievzorov, tout est bouleversé. Vous apprenez, il y a quelques années, que votre père a fait transférer le trésor de Pongarevo à Levashovo. C'est bien cela ? Et il semble que l'administration locale s'oppose à ce que des fouilles soient entreprises. Est-ce vrai, et si oui, pourquoi ?

Il laissa passer quelques instants avant de reprendre :

Encore une fois, je remarque l'extraordinaire attention de notre public et je rends hommage à son sens de la gravité.

La caméra montra les yeux de Léonid en très gros plan.
Polia posa la main sur celle de Mathias.
– Je comprends ceux de nos compatriotes qui veulent tourner la page, fit Léonid. Ils ont raison.

Je ne vous suis pas, cher père Léonid.

– Mais pour pouvoir tourner une page, il faut d'abord la lire. Le pays a eu ses héros, poursuivit Léonid d'une voix calme. Et il les méritait. Il a aussi eu des citoyens qui ont suivi les ordres du régime. Qui ont cru au bien-fondé de ces ordres. Ceux-là ont emprunté un chemin erroné. Pouvaient-ils le savoir, à ce moment-là ? Je ne sais pas. Mais une chose est sûre. Le trésor de Levashovo, si on le trouve, sera là pour montrer que de tout péché, fût-il le plus désespéré, peut surgir une parcelle d'éternité. Et alors nous pourrons tourner la page la plus douloureuse de notre histoire.

Vous me disiez, en coulisses, il y a quelques minutes, que notre peuple est un peuple immense. Qu'il est capable d'affronter toutes ses failles, les yeux dans les yeux...

– Je le crois profondément, fit Léonid.
Il s'interrompit quelques instants, les yeux en larmes :
– Chacun qui a vécu ces années douloureuses porte un lourd fardeau. La seule façon de nous en alléger, c'est de le partager.

Nievzorov se leva :

Au nom de nos téléspectateurs et de notre peuple tout entier, je vous serre dans mes bras, père Léonid.

La caméra s'éloigna et montra les deux hommes qui restaient longtemps serrés l'un contre l'autre.

22

Vendredi 13 octobre 2000

– En deux mots ? demanda Mathias.

Polia avait lancé les journaux sur le lit. Elle en ouvrait un, tournait quelques pages, parcourait un article, le lâchait, en choisissait un autre, et ainsi de suite.

– En deux mots, l'affaire prend une ampleur nationale.

Le *Sankt-Peterburgskie Vedomosti*, Les Nouvelles de Saint-Pétersbourg, titrait en dernière page, sur deux colonnes :

Le mystère de Levashovo

L'article reprenait presque mot pour mot le dialogue de la veille entre Ashrakoff et Nievzorov. Le *Vetcherny Peterbourg*, Le soir de Saint-Pétersbourg, traitait de l'affaire en page 3 sous le titre : « Des souvenirs qui ne veulent pas s'effacer ». *Tchas Pik*, Heure de Pointe, qui ne sortait qu'une fois par semaine, devait avoir bouclé son édition, car l'hebdomadaire ne consacrait à l'affaire qu'un entrefilet dans sa rubrique « A suivre ». Mais l'article le plus percutant était celui de *Argoumenty i Fakty*, Arguments et Faits. Publié à Moscou, le journal était proche du pouvoir et savait en tirer parti.

– Ecoute le titre, fit Polia :

Une affaire nationale.

« Et voici la fin de l'article :

Il faut donc agir. Et sans attendre. Doit-on pour cela ouvrir les entrailles de Levashovo ? Remuer les restes de nos martyrs ? Non, bien sûr. Les informations fournies par Léonid Ashrakoff laissent penser que les fouilles peuvent se limiter à l'une des trois baraques de service, un endroit où sans doute ne se trouve aucune fosse commune.

Si la municipalité de Vyborg ne se décide pas, si l'autorité de la Région de Saint-Pétersbourg ne prend pas ses responsabilités, alors nous attendons un geste fort de notre Président. Qu'il le montre à tous : notre peuple n'est pas de ceux qui fuient leur passé. Nous vivrons des émotions fortes si l'on découvre quoi que ce soit à Levashovo. Nous connaîtrons à nouveau la gloire et l'infamie. La beauté et la douleur. Mais ce qui sera mis au jour rappellera la grandeur du peuple russe et il lui permettra de poursuivre sa route avec détermination et courage, dans la sérénité retrouvée.

« Il y a un encart, regarde :

Qui est Mathias Marceau ?

Elle parcourut l'article en silence, et soudain éclata de rire :

Les plus belles femmes du monde sous l'œil tendre et cruel de Mathias Marceau.

Au même instant, le téléphone de la chambre sonna.
— Vous êtes Monsieur Marceau ?
C'était dit sans le moindre accent.
— Je suis Tania Kirova, de la chaîne *Planeta*.
Il regarda Polia :
— *Planeta*, tu connais ?
Elle ferma les yeux :
— Chaîne nationale.

23

Vendredi 13 octobre 2000

Depuis le matin, le téléphone de Karazine n'arrêtait pas de sonner. Une suite d'invectives… « Tu as lu les journaux ? »… « Tu as oublié que les prêtres sont des gens retors ? »… « Tu t'es fait mettre dedans par une salope de journaliste ! »…

Il aurait aimé les voir à sa place, tous ces bavards… Mais voilà, c'était comme au match, lorsqu'il boxait et que les autres étaient assis sur les gradins…

Donne ta gauche ! Uppercut ! Ta droite, crétin ! Ta droite !

Et ainsi de suite…
Le téléphone sonna encore. C'était Iouri, le vice-président de son association.

– Tu n'as pas pensé prendre les devants ?
Encore un génie… Prendre les devants… Mais comment donc ! On y va, on ouvre, on fouille, on trouve vingt-cinq trésors inestimables, on les fait disparaître, après quoi on dit circulez il n'y a rien à voir, et tout le monde est content…

Il se demanda ce qui l'emportait, chez Iouri, la bêtise ou l'envie de prendre sa place. Car ce que Iouri lui disait, en réalité, ce n'était rien d'autre que : « Tu aurais pris les devants, tu te serais fait attraper, puis assassiner par la presse, puis viré. » Le rêve de Iouri...

Karazine sentit sa colère enfler contre ce salaud. Et contre tous les autres ! Ceux de la mairie, ceux de l'association... Et ce prêtre de malheur !

Dans des moments pareils, il n'avait qu'une envie, c'était de cogner. Il était encore capable de refiler un gauche-droite à n'importe qui ! Paf-paf ! Pas même une seconde, et l'autre était bon pour être compté à dix. Gauche-droite ! Crochet du gauche, suivi d'un direct de la droite. A toute vitesse ! Plus il y pensait, plus il sentait l'envie lui monter.

Et cette journaliste... Une perverse, cela sautait aux yeux... Une snob bonne à se faire sauter par un touriste français...

Le téléphone sonna encore.

– Oui ! cria Karazine. Oui, oui et oui encore ! Qu'est-ce que vous me voulez ?

– Je suis Tania Kirova, de la chaîne *Planeta*.

Karazine coupa la communication et débrancha son téléphone.

Cette histoire prenait des proportions insupportables. Il fallait impérativement trouver la parade.

Il quitta son fauteuil pour aller à la cuisine, et à cet instant jaillit une idée qui transforma sa colère en joie. Voilà comment il allait se retrouver maître du jeu ! Il fallait faire comme le Ghanéen... Imaginer un coup inattendu... L'autre s'était mis en fausse garde... Impensable pour un droitier... Eh bien il allait agir d'une manière à laquelle personne ne s'attendait. Il irait voir Ashrakoff et lui proposerait un terrain d'entente. « Moi, Karazine, contre les fouilles ? Mais vous rêvez ! Je suis attaché au processus démocratique, moi ! Au respect des morts ! Je voulais traiter avec nos autorités politiques et morales, pas avec la presse ! Je suis avec vous ! »

Cela mettrait les choses au point. Il allait trouver Ashrakoff... Très vite... Arriver à un accord... Une sorte de déclaration d'intention... Convaincre un prêtre de paroisse, ce serait un jeu d'enfant... Tout allait basculer d'un coup... Il allait prendre de vitesse la mairie, la Région, le Kremlin, ceux de l'association, tous !

24

Samedi 14 octobre 2000

Le portable de Mathias se mit à vibrer. C'était Dol.
— Un journaliste des *Izvestia* a téléphoné. Il semblait très au courant.

Mathias ne répondit pas.
— Qu'est-ce qu'il va se passer maintenant ?
— Je ne sais pas.
— Gilbert m'a appelé. Ils l'ont interrogé sur ton père, sur Federenko, sur moi…

25

Dimanche 15 octobre 2000

– Ashrakoff vient de m'appeler. Je te réveille ?
C'était Polia, la voix vibrante :
– Levashovo a été bouclé. Des militaires entourent les trois baraques. Il y a des blindés à l'entrée…
La décision de fermer le mémorial avait été prise à Moscou durant la nuit. D'après Ashrakoff, le Président avait décidé qu'il y aurait des fouilles.
– Tu vois ? reprit Polia.
– Viens.
– Ashrakoff m'a dit autre chose. Karazine lui a téléphoné. Il voudrait qu'ils fassent une sorte de déclaration commune, entre son association et l'Eglise. Il va le voir tout à l'heure.

26

Lundi 16 octobre 2000

Etendu sur le ventre, les yeux clos et les bras en croix, Léonid Ashrakoff priait de toutes ses forces. La gratitude qu'il éprouvait à cet instant pour le Seigneur était infinie. Bien sûr, chaque jour, chaque heure qui passait était pour lui l'occasion de dire à Dieu combien il lui était redevable de tout, de sa vie, de celle des autres et de leur simple présence, précieuse elle aussi, même lorsqu'elle s'exprimait dans la fureur. Surtout lorsqu'elle s'exprimait dans la fureur ! Car alors il devait parler aux hommes... Leur apporter la consolation... Et sa tâche devenait la plus belle qui soit.

Mais à cet instant, sa reconnaissance avait une profondeur et une vigueur si immenses qu'elles surprenaient Léonid lui-même.

Dieu avait placé Matfiya sur son chemin. Les actions de son père allaient être honorées. Par tous. Et même par Karazine et les siens. Grâce à son père, le peuple russe se retrouverait resserré autour de son Eglise.

Ainsi, sa gratitude à l'égard du Seigneur dépassait même celle qu'il lui devait pour lui avoir donné la vie.

27

Lundi 16 octobre 2000

– On ne veut pas tous passer pour des couillons !
Karazine eut un soupir de dépit. Pour enfoncer une porte ouverte, Iouri était toujours là… L'envie de cogner lui revint. Un direct du gauche, un seul, voilà qui lui aurait mis les idées en place, à ce salopard…

Quelques minutes plus tard, dans l'autobus qui l'amenait de Vyborg à la rue Poltavskaya, Karazine était à nouveau d'humeur joyeuse. Tout allait se passer aux petits oignons…. Avec Ashrakoff, il allait trouver une « plateforme commune », pour parler comme ceux d'en face. Une bondieuserie quelconque qui dédouanerait le Parti… Du reste, il n'avait fait que son devoir ! Et le père d'Ashrakoff ? Trente ans dans l'uniforme du NKVD… Il n'avait pas passé son temps à dire la messe ! D'ailleurs, lorsqu'une heure plus tôt, au téléphone, il avait dit à Ashrakoff « si nous nous entendons, quel exemple pour notre peuple », celui-ci avait réagi de façon positive…
Il quitta le bus en sautant de la plate-forme à pieds joints et fut ravi de constater que ses articulations répondaient avec souplesse. Ces millions de saut à la corde avaient laissé des traces… Malgré les années qui passaient ! Car il s'agissait bien de millions. Il s'essaya à un calcul rapide : vingt ans de sauts, à trois cent cinquante

jours par an, cela faisait sept mille jours. Une heure de corde, à raison d'un saut par seconde, cela faisait trois mille six cents sauts par jour, donc, trois millions six cent mille sauts pour mille jours, donc, fois sept, cela faisait plus de vingt, presque vingt-deux ou vingt-trois millions de sauts qu'il avait faits !

Au moment où il pénétra dans l'Eglise des Martyrs du Siècle Nouveau, Karazine était plus joyeux qu'il n'avait été depuis longtemps. Ses genoux fonctionnaient aussi bien que lorsqu'il était jeune, l'affaire avec Ashrakoff serait réglée en un rien de temps, et le soir même l'ordre régnerait à l'association. Que Iouri le veuille ou non…
— Soyez le bienvenu, fit une voix.
Karazine chercha à savoir d'où elle venait.
— Je guettais votre arrivée, fit Ashrakoff.
Il était à la porte de son bureau, une pièce minuscule située à droite de la nef.
— J'ai préparé du thé.
Les deux hommes s'assirent à un petit guéridon, l'un face à l'autre.
— Je vous écoute, fit Ashrakoff.
— Il y a eu un malentendu entre la journaliste et moi. Vous connaissez les journalistes… Je suis favorable à ce que des fouilles soient entreprises.
— La décision a été prise de le faire, fit Ashrakoff. Par le Président lui-même.
— Je sais, je sais… reprit Karazine. Je suis là pour essayer de donner un cadre à cette démarche. Un contexte moral, si vous voyez ce que j'entends par là… Nous pourrions faire une déclaration commune…
Léonid Ashrakoff le regarda, l'air surpris :
— Je ne comprends pas bien votre souhait. De quel contexte moral parlez-vous ?

Karazine sentit la colère monter. Si cet énergumène d'Ashrakoff commençait à couper les cheveux en quatre, ils ne s'en sortiraient jamais :

– Nous avons tous fait notre devoir. En tant que citoyens d'une même patrie, chacun selon sa conscience... Les temps étaient difficiles... Voilà ce que je souhaite que nous déclarions en commun. Une sorte de paix des braves, pour laquelle le temps est venu, ne croyez-vous pas ?

Il lui sourit, leva sa tasse de thé et eut un geste complice, comme pour trinquer.

Ashrakoff resta figé. Cet homme voulait-il que lui, serviteur du Christ, place sur un même plan l'obéissance morale et l'obéissance administrative ?

– Souhaitez-vous renvoyer dos à dos les bourreaux et leurs victimes ? Comment une telle idée a-t-elle pu vous traverser l'esprit ?

– Nous sommes tous russes, dit Karazine. Tous. Vous et moi et nos ancêtres ! (Soudain, il haussa la voix.) Et votre père, du NKVD, un ancien moine qui a trahi tout le monde, l'Eglise, le Parti, son pays, tout le monde ! Et vous venez me faire la morale ? C'est pour le bien de traîtres comme lui que je vous fais cette proposition ! Pour mettre ces querelles derrière nous ! Pour retrouver l'unité à laquelle aspire notre grand peuple !

Ashrakoff quitta son fauteuil :

– Mon père et sa mémoire n'ont pas besoin de votre sollicitude.

Il regarda Karazine dans les yeux :

– Merci de me laisser à la prière.

A l'écoute de ce mot, Karazine perdit tout contrôle :

– Vous et les vôtres ! Une bande d'hypocrites ! Vous travaillez pour les ennemis du peuple ! Vous êtes des canailles ! Vous m'entendez ? Des canailles !

– Et vous, répondit Ashrakoff d'un ton glacé, vous êtes dans la Maison de Dieu. Je vous prie de partir.

Ainsi c'était fini. A cause d'un prêtre de rien du tout, d'une de ces vermines de l'église, tout irait au diable. L'association, sa place à la mairie, celle au Parti, tout. Pas plus tard que ce soir, demain au plus tard, on entendrait une fois encore le pays entier maudire l'ancien régime. L'hypocrisie et la lâcheté auraient gain de cause.

Alors, ulcéré par tant d'injustice, écœuré d'avoir à payer pour avoir défendu l'honneur de son pays, humilié de se voir ainsi malmené par un petit prêtre médiocre, Karazine s'approcha d'Ashrakoff, le regarda, dit : « Vous n'êtes tous qu'une bande de lâches », et en y mettant toutes ses forces, lui assena un crochet du gauche au milieu de la joue droite, suivi d'un direct du droit sur l'arête du nez.

28

Mardi 17 octobre 2000

Assise dans son lit, Polia était bouche bée. Sur l'écran de télévision, une photo de Karazine apparaissait, puis une autre, ancienne, sur laquelle on le voyait en tenue de boxeur.

Comme souvent, Polia avait coupé le son et regardait les nouvelles du matin d'un œil somnolent lorsque les photos de Karazine s'étaient mises à défiler. Maintenant la commentatrice avait un air grave.

Polia saisit la télécommande et remit le son.

Nous venons d'apprendre que père Léonid est mort d'une hémorragie interne durant son transfert à l'hôpital.

L'écran montrait Ashrakoff en habit de cérémonie qui souriait devant l'entrée de son église.

La journaliste passa à un autre sujet et Polia changea de chaîne. Sur la 3, le reportage consacré à la mort de Léonid Ashrakoff démarrait.

D'après les aveux d'Ivan Karazine, un différend à propos d'une déclaration commune était à l'origine de l'altercation entre les deux hommes.

Polia se couvrit le visage de ses mains.

A propos de cette affaire, poursuivit la journaliste, *l'éditorial de notre rédaction.*

Polia entendit une voix d'homme :

C'est à notre Président que nous adressons le présent message :
Monsieur le Président, jusqu'à quand notre pays continuera-t-il à souffrir de ses divisions fratricides ?
Le trésor de Levashovo a valeur de symbole dans notre processus de reconstruction.
Donnez ordre que les fouilles se fassent pour qu'enfin soit tournée cette page de notre histoire.

29

Mardi 17 octobre 2000

Durant le trajet qui menait de l'hôtel au mémorial, Mathias et Polia n'échangèrent pas un mot. Bouleversés par la mort de Léonid, étreints par l'angoisse, épuisés des émotions vécues depuis huit jours, ils étaient, en plus, fatigués d'une nuit très courte : il avait fallu se lever à quatre heures du matin. La veille, plusieurs groupes avaient manifesté leur opposition aux fouilles. Les nostalgiques de l'ancien régime, menés par ceux de *Déti Rossii*, s'étaient donné rendez-vous place Ostrovski, où durant deux heures plus de mille personnes avaient scandé *Ostavté nachou istorijou v pokoe,* Laissez notre histoire en paix. Plusieurs groupements religieux, inquiets de voir l'Etat mettre la main sur l'Eglise sous prétexte de vouloir la protéger, avaient investi la place Saint-Isaac. La police avait évalué leur nombre à trois mille, mais d'après les télévisions, ils étaient plus du double, dix mille selon la chaîne Planeta. Devant le risque que ces manifestations ne se déplacent à Levashovo, bloquent l'accès au mémorial et rendent les fouilles impossibles, les autorités avaient décidé de démarrer les travaux à six heures du matin.

Polia et Mathias passèrent un barrage de police, puis un autre encore, à une dizaine de mètres du baraquement dans lequel auraient lieu les fouilles. Trois camionettes aux couleurs du musée de l'Ermitage étaient parquées à proximité. Devant la porte d'entrée se trouvaient une dizaine de personnes, dont quatre vêtues de bleus de travail, qui s'occupaient d'empiler plusieurs dizaines de boîtes en plastique, rectangulaires et munies d'un couvercle.

Un homme s'approcha de Polia et se présenta.

Elle se tourna vers Mathias :

– Ce monsieur est le directeur des restaurations, au musée de l'Ermitage. C'est lui qui va diriger les fouilles.

Mathias lui serra la main. A nouveau, l'homme s'adressa à Polia et pointa du doigt chacune des personnes présentes.

– Les élus locaux, fit Polia.

Un instant plus tard, quelqu'un posa la main sur l'épaule de Mathias. Il se tourna et vit l'un des hommes habillés d'un bleu de travail qui tenait un Hasselblad. C'était un garçon d'à peine vingt-cinq ans, blond et très mince.

– Je suis Micha, fit le jeune homme en russe. Je connais votre travail. J'ai vu...

Il s'arrêta, puis ajouta en souriant :

– Photographe !

Puis il se tourna vers Polia et lui dit quelques mots.

– Il travaille pour l'Ermitage, fit Polia. Il va photographier ce que les ouvriers vont découvrir. Etape par étape.

Le directeur des restaurations posa une question à voix forte en direction des hommes en bleu de travail. L'un d'entre eux jeta un coup d'œil à ses collègues et lui répondit.

– Ils sont prêts, glissa Polia.

30

Mercredi 18 octobre 2000

— J'aurais aimé être près de toi, fit Dol.
Pas en ce moment, se dit Mathias. Il y avait eu trop de choses... Polia et son corps doux. Pongarevo. Karazine. Ashrakoff et son refus. Ashrakoff et ses deux confessions. Ashrakoff à l'écran de *600 secondes*. Ashrakoff et la mort. Un règlement de comptes qui n'avait pas eu lieu dans un quartier interlope mais à l'église... Et les fouilles... Quarante-deux objets. Tous ceux que Nikodime avait répertoriés dans son journal. Pas un seul qui manquait à l'appel. Ils avaient quitté Levashovo tels qu'ils avaient été trouvés dans le sous-sol de la baraque. Tels qu'avait dû les emballer Nikodime. Ou peut-être Ashrakoff, au moment de leur transfert de Pongarevo, l'un dans du papier brun, un autre, plus grand, dans une couverture, un autre dans du linge. Tous avaient été placés dans des boîtes en plastique au fond garni de mousse, avant d'être transportés dans les sous-sols de l'Ermitage.

Il y avait eu, enfin, ces cris, inattendus, après que les objets avaient été montés en surface. « Ils disent qu'il y a autre chose », lui avait chuchoté Polia d'une voix qui vacillait.

Autre chose. Oui. Une « autre chose » avait été enfouie dans la terre sous les objets. Les hommes s'étaient mis à creuser avec force, car jusque-là, il leur avait suffi de faire tomber le mur sur lequel s'appuyait le bouteiller. Trois couches de briques, de la paille, et encore trois couches de briques, qu'ils avaient démolies comme rien. Mais là, sur le côté, il y avait comme une stèle. Une heure plus tard, les ouvriers ressortaient un cercueil qu'un fourgon allait transporter à l'institut médico-légal de l'avenue Ekaterininsky. En fin de journée déjà, il avait été ouvert. Son directeur avait appelé Polia.

Le cercueil contenait les restes d'un homme de très grande taille, à l'ossature forte. « Sans doute le grand-père de Matfiya Andréïévitch », avait dit le directeur.

Mathias se souvint des paroles sibyllines qu'Ashrakoff avait recueillies de son père : « Pour Nikodime, j'ai fait ce que j'ai pu. » Il l'avait inhumé entouré d'objets sacrés.

– C'est difficile pour moi, reprit Dol.

Il continua de rester silencieux.

Elle attendit une longue minute, dit « Je t'embrasse » et raccrocha.

31

Lundi 23 octobre 2000

La cathédrale de la Sainte-Trinité était grandiose. Immense par sa coupole, ses colonnes, sa nef et sa forêt de cierges. Immense, aussi, par la foule, les dorures, les chants et les parfums d'encens. Mais intime par ses icônes, si belles et si tendres, intime, aussi, par la ferveur qui s'en dégageait.

Devant l'autel, sept prêtres servaient les funérailles de Nikodime et de Léonid. Leurs cercueils étaient posés côte à côte, c'était le vœu de Galina Petrovna. « Mon mari et Nikodime sont morts à soixante-trois ans de distance », avait-elle dit à Polia, « mais ils ont péri de la main l'un de l'autre, Nikodime par celle de mon beau-père, et Léonid parce que le petit-fils de Nikodime est venu nous apporter la lumière, et qu'à cette lumière mon mari a été purifié de ses péchés. »

A son tour, Mathias avait demandé qu'on les enterre l'un près de l'autre, avec, sur la poitrine de chacun, une icône de son père, et Galina Petrovna avait dit que d'une certaine façon, tous trois se retrouvaient ainsi « dans les bras l'un de l'autre, en paix enfin et pour toujours ».

– IV –
Mai 2002

1

Lundi 6 mai 2002

Vassili Andréïévitch Missoff, le directeur du musée, aurait dû être l'homme le plus heureux du monde.

Devant lui, assis sur quinze rangées de petites chaises dorées à coussinet rouge, ses invités représentaient la puissance de la Russie et la gloire de la ville. Oligarques, hommes de savoir et d'église, députés, militaires, tous étaient venus, soucieux d'être vus et de marquer leur rang.

Le carton d'invitation donnait le ton de l'événement :

Le Président du musée de l'Ermitage, Professeur Vassili Andréïévitch Missoff, vous prie de bien vouloir lui faire l'honneur de votre présence à l'occasion de l'inauguration des

Salons Nikodime Kirilenko

La cérémonie se déroulera sous la bienveillante présence du Président de la Fédération.

Sur les trois côtés du balcon doré qui entourait l'immense salle, une centaine de journalistes, de cameramen et de photographes se tenaient debout, serrés les uns contre les autres, impatients, conscients, aussi, que l'événement auquel ils allaient assister aurait un retentissement mondial.

Face à eux, assis sur un imposant fauteuil rouge brodé d'or, le Président occupait seul le devant de la scène. Derrière lui, un orchestre d'une soixantaine de musiciens attendait de jouer.

Au bonheur de Vassili Andréïévitch Missoff de se voir ainsi honoré se mêlait une étrange mélancolie. Il avait beau être habitué à côtoyer des chefs-d'œuvre, il avait beau, aussi, être familier des duretés de sa fonction, des intrigues et des coups bas, ce qu'il avait vécu grâce à ces quarante-deux objets était d'un ordre différent. Lorsqu'ils avaient été libérés de leurs ténèbres, dix-huit mois plus tôt, chacun portait des stigmates sur lesquels Vassili avait retrouvé le malheur de la Russie, ses drames et ses deuils. Les pièces en argent étaient oxydées et piquées par la corrosion. Rongés par l'humidité, les vernis des icônes s'étaient transformés en voiles blancs opaques et obscènes qui ne laissaient rien entrevoir ou espérer.

Vassili se souvint qu'au fil des nettoyages et des traitements, il avait vu les icônes ressusciter, par phases lentes, et chaque fois que sous ses yeux l'une ou l'autre retrouvait ses couleurs, ses formes et sa puissance, l'émotion qui le traversait ne pouvait se comparer à aucune autre, par sa violence et sa beauté.

Il s'en voulut d'être triste. Pourquoi bouder son plaisir ? Après tout, ce qu'il avait vécu relevait du miracle. Il tourna la tête en direction du Président, comme pour s'assurer qu'il ne rêvait pas, vit que celui-ci regardait dans sa direction et lança, le cœur léger :

– Je déclare ouverte la cérémonie d'inauguration des Salons Kirilenko et vous prie de vous lever.

Dans les secondes qui suivirent, l'orchestre entama

l'hymne national. Aux premières notes, le Président se mit à chanter. Deux ans plus tôt, il avait voulu que d'autres mots accompagnent l'hymne traditionnel. Les nouvelles paroles étaient plus fortes. Plus aptes, aussi, à recoudre les restes de l'empire. A donner le sentiment qu'à nouveau la Russie était là, immense, prête à affronter le monde entier.

Assis au premier rang, le métropolite et le maire entonnèrent à leur tour l'hymne national. A leurs côtés, Mathias, Dol et M. Delbarre semblaient confus de devoir rester muets. Au deuxième rang, Jason et Gilbert regardaient autour d'eux avec émerveillement. A leurs côtés, Polia et Galina se tenaient par le bras, les larmes aux yeux.

Très vite les invités chantaient à l'unisson. C'étaient surtout des voix d'hommes, si puissantes et uniformes qu'on aurait dit un chœur de basses.

> *Rossia – sviachtchennaïa nacha*
> *derjava,*
> *Rossia – lioubimaïa nacha strana.*

> Russie est notre puissance sacrée.
> Russie est notre pays bien-aimé.

Vassili Andréïévitch recula de deux pas. Il était resté trop près du micro et eut peur que sa voix ne couvre celle du Président.

> *Slavsia, strana ! My gordimsia toboï !*

> Sois glorieux, notre pays ! Nous sommes fiers de toi !

L'hymne emplissait tout entière l'immense salle de bal de l'Ermitage. Cent colonnes, cinquante pilastres dorés à la feuille d'or, sept lustres immenses... Le lieu semblait conçu pour rappeler à chacun que la grande Russie était à nouveau là, brillante et vivante.

Avec prudence, Vassili Andréïévitch dévia son regard en direction du Président. Ce dernier concluait l'hymne d'une voix forte :

> *Ce fut ainsi,*
> *C'est ainsi,*
> *Et ce sera toujours ainsi !*

La salle éclata en applaudissements. Lorsqu'ils prirent fin, Vassili s'approcha du micro :
– Le Président de la Fédération de Russie va nous dire quelques mots.

Un huissier surgit de l'arrière-salle et plaça le micro devant le Président.
– J'avais préparé un discours...
Le Président s'arrêta et balaya lentement la salle du regard :
– Mais à quoi bon ? Nous avons chanté notre hymne. Et je le demande à chacun d'entre vous : est-ce qu'il ne dit pas tout ?
Il laissa s'installer un court silence :
– Est-ce qu'il ne contient pas en lui la grande et douloureuse histoire de notre pays ? N'est-elle pas identique, en tous points, à celle de saint Nikodime, que nous honorons aujourd'hui ? C'est lui, la preuve que notre peuple est grand ! La preuve de notre confiance en nous-mêmes !

Le Président s'arrêta. Le directeur vit ses yeux briller sous les larmes.

– Nikodime, qui à l'instar du Christ face à Satan, a refusé le compromis ! Nouveau martyr, comme l'a décrété notre Saint Synode, dans sa grande sagesse !

Le président chercha le regard de Mathias :

– Je m'adresse à vous, cher Mathias. Je vous appelle, je t'appelle, ici devant tous, Matfiya Andréïévitch, tant tu es des nôtres, tant notre dette à l'égard de ton grand-père est infinie. Mais elle l'est aussi à ton encontre, Matfiya Andréïévitch. Car sans ton courage et ta détermination, les trésors de Levashovo seraient restés à tout jamais enfouis.

Il laissa passer un long silence :

– Nikodime Grigoriévitch a fait plus que résister à l'oppression. Il a fait plus que sauver le trésor de Levashovo. Il a sauvé une parcelle de notre âme. En lui dédiant trois salons de l'Ermitage, c'est bien l'âme de notre peuple tout entier que nous accueillons ici. Cette âme forte et courageuse, le père Léonid l'a incarnée, lui aussi, lui et son père Anatoli Ivanovitch Ashrakoff et avec eux notre Eglise. Et puis ceci, encore. Dans une salle adjacente aux Salons Nikodime, vous verrez une exposition de photos. Elle est intitulée « Nous ». Notre ami Vassili Andréïévitch me dit que c'est une première dans l'histoire de l'Ermitage, de présenter une exposition de photographies. Nous la devons à Matfiya, un grand artiste. Un grand Russe.

Il s'arrêta et à nouveau balaya lentement la salle du regard :

– Merci à ceux qui disent oui à une grande Russie.

Le public se leva et applaudit fort durant de longues minutes.

2

Lundi 6 mai 2002

Vassili Andréïévitch commentait les icônes du Grec avec autant de sobriété qu'il pouvait. Il parlait du *disegno*, la façon qu'avaient les Florentins de représenter leurs personnages avec une précision si grande qu'on les aurait dits dessinés à la pointe du crayon, et que le Grec maîtrisait à la perfection. Il usait aussi du *colorito*, le savoir-faire des Vénitiens qui peignaient les chairs par couches, et donnaient au spectateur le sentiment qu'elles palpitaient sous leurs yeux. Restait la grande question des figures géométriques qu'il avait ajoutées à ses icônes. Elles disaient le dépouillement. La libération. L'envol de l'homme dans l'univers. Où avait-il puisé la force d'une telle abstraction ? Sa vie de mendiant, au Bazar de Constantinople, lui avait-elle ouvert la pensée à un monde que d'autres après lui mettraient des siècles à pénétrer ? Comment, surtout, avait-il réussi à anticiper la puissance évocative des constructivistes russes ? D'où lui était venue une telle intuition ? Ces icônes annonçaient Malévitch, Kandinski... Quel lien imaginer entre eux et le Grec ? L'orthodoxie, sans doute, et son goût de l'absolu...

Mathias n'arrivait pas à détacher ses yeux d'une des icônes du Grec. Comme les six autres, elle représentait une *Vierge à l'Enfant* et avait comme modèle la même jeune femme blonde aux yeux bleu profond et au nez légèrement busqué. Mais sur celle qu'il regardait, au coin supérieur gauche, un petit triangle n'avait pas été rénové.

Vassili Andréïévitch remarqua son émotion :

— Chacune de ces œuvres porte ses stigmates. Selon toute vraisemblance, ce coin de l'icône n'avait pas été restauré au moment où on l'a cachée. Le triangle porte donc une double blessure, et nous avons décidé de le garder tel quel.

Il s'arrêta durant quelques instants, le visage grave :

— Il y a des choses qu'il ne faut jamais oublier.

Puis d'un coup, il rit :

— Voilà que je plonge dans la mélancolie, alors que tout nous invite à l'espérance. A vous le tour ! Je suis impatient d'écouter les commentaires de l'artiste sur ses photos !

Le regard toujours sur l'icône, Mathias laissa tomber :

— Mon travail n'est pas du même rang.

— Vos photos sont des chefs-d'œuvre, fit Vassili.

3

Lundi 6 mai 2002

Il avait parcouru le pays de juin à mars et pris plus de trois mille photos.

– Vous avez saisi notre cœur, fit Vassili.

Les yeux sur une série de quatre clichés placés en carré, Mathias ne répondit pas. C'étaient ceux d'un garçon d'une dizaine d'années, pris depuis le quai de la gare, à Kazan.

Mathias s'apprêtait à prendre le train pour Iekaterinbourg lorsque dans le wagon qui s'arrêta devant lui, il vit un enfant, debout, le nez collé à la vitre du couloir.

L'enfant était très beau. A voir ses épaules, son cou et sa posture, il semblait vigoureux. Ses cheveux lui revenaient sur le front par mèches, et ses yeux, très grands et effilés, étaient d'une fixité qui dérangeait. Il avait un visage régulier à l'exception d'une balafre qui traversait sa joue gauche. Sur son manteau noir, un petit carton rond et chiffonné avait été fixé au moyen d'une épingle de nourrice. A côté de quelques lettres indéchiffrables, Mathias avait lu un numéro : 231. A hauteur de sa poitrine, un carton plus grand et d'apparence plus solide, était marqué d'un grand « A ». Un troisième papier d'identification avait été fixé au bas du carton, cette fois par une simple épingle, et portait le même numéro, 231.

Mathias pointa du doigt la photo située en haut à gauche :
– C'est celle que j'ai faite en premier.
Il indiqua ensuite celle accrochée juste à côté :
– La deuxième.
A la lecture des inscriptions accolées au manteau, Mathias avait compris que le garçon était un délinquant ou un orphelin que sans doute on changeait d'institution. Ils avaient eu un bref contact visuel et Mathias avait été frappé par la dureté qu'exprimait son regard. Une dureté de vieux. Dans le même temps, la lumière caressait le visage du garçon et donnait à ses yeux une étincelle, comme si elle émanait de lui.

Mathias avait extirpé un Leica de son manteau. L'objectif fixé sur l'appareil était un 35 mm. Il eut la tentation de chercher dans sa valise une longue focale, un 105 ou même un 200, pour cerner l'enfant au plus près. Mais le temps pressait. En un instant, il avait réglé la vitesse d'obturateur au 500e, pour éviter le flou, et ouvert le diaphragme à 2, au maximum, de façon à obtenir une profondeur de champ la plus réduite possible, qu'au moins le garçon se détache parfaitement du reste de l'image. Il avait ensuite pris de l'enfant une photo, une seule, sans user du moteur.

Il avait ensuite abaissé son appareil avant de le brandir en levant les sourcils, pour demander à l'enfant s'il était d'accord qu'il le photographie à nouveau. Le garçon l'avait observé sans broncher. Mathias avait alors pris un deuxième cliché et recommencé le petit protocole à deux reprises, en ayant soin, chaque fois, de retrouver le regard du garçon.

Sur la photo située en haut à droite, l'enfant avait dans

les yeux un éclat dont on ne pouvait dire s'il s'agissait de surprise ou de contentement. Sur la suivante, il fixait l'objectif avec hostilité.

Mathias regarda la quatrième photo et se mit à sourire. Au moment où il l'avait prise, le train lui filait sous le nez, et le garçon avait éclaté de rire en lui faisant un bras d'honneur.

DU MÊME AUTEUR

Mon cher Jean…
de la cigale à la fracture sociale
Zoé, 1997

Le Mystère Machiavel
Zoé, 1999

Nietzsche ou L'insaisissable consolation
Zoé, 2000

La Chambre de Vincent
*Zoé, 2002
et « Zoé poche », n° 42*

Victoria-Hall
*Pauvert, 2004
et « Babel », n° 726*

Dernière lettre à Théo
Actes Sud, 2005

La Pension Marguerite
*Actes Sud, 2006
et « Babel », n° 823*

L'Imprévisible
*Actes Sud, 2006
et « Babel », n° 910*

La Fille des Louganis
*Actes Sud, 2007
et « Babel », n° 967*

Loin des bras
*Actes Sud, 2009
et « Babel », n° 1068*

Le Turquetto
Actes Sud, 2011
et «Babel», n°1184

Prince d'orchestre
Actes Sud, 2012
et «Babel», n°1253

Juliette dans son bain
Grasset, 2015
et «Points», n°P4253

RÉALISATION : NORD COMPO À VILLENEUVE-D'ASCQ
IMPRESSION : CPI FRANCE
DÉPÔT LÉGAL : SEPTEMBRE 2014. N° 116109-3 (3016060)
IMPRIMÉ EN FRANCE